꿈을 키우는

재원이의 독서일기

"행복한 사람은 그 행복을 느끼며 살아가는 사람이다."

최근에 독서에 대해 강의를 하면서 제자에 대한 이야기를 했다.
강의를 듣는 수강생들이 독서 이야기를 전개했을 때, 표정들이
어찌나 맑고 고운지 알게 되었다. 독서 이야기가 중요하구나! 우리
들의 삶의 이야기가 독서에 담겨 있구나! 하는 것을 알았다. 그 강
의 시간에 소개한 독서 친구가 오늘의 주인공인 이 책의 나오는 재
원이다.

이번, 독서 에세이 《꿈을 키우는 재원이의 독서일기》를 쓴 김영미
저자는 학부모로서 처음 만났지만, 얼마나 독서를 좋아하고 자녀에
게 아름다운 마음으로 글을 전달하는지 알 수 있다. 이 책은 독서지
침서이다. 아주 쉽게 엄마들이 공감하고 이해하도록 저자는 심혈을
기울여서 써 내려갔다. 자식의 독서 상태를 정리하고 달라진 현재의
모습을 조명하는 부모의 역할이 잘 나타나 있다. 어릴 적, 재원이의
모습을 통해 얼마나 독서가 중요한지를 이 책을 통해 보여주었다. 진

정한 독서 지킴이 역할을 잘 표현한 휴먼스토리처럼 보인다. 독서를 통한 꿈을 찾아가는 내용의 이야기들이 경험담과 더불어 잘 표현되었다.

자라나는 아이들과 청소년들에게 강력하게 추천하는 도서이다. 이 책을 읽어보고 도움이 되어 미래를 살아가는 원동력이 되기를 바란다.

아울러, 행복한 독서가 무엇인지 이 책을 통해 배운다. 이 책에서는 독서가 중요한 이유, 연령별 추천도서, 학부모에게 도움이 되는 독서칼럼 등을 전달한다. 저자인 김영미 어머님의 바람대로 독서로 세상을 바꾸는 "독서 지킴이"들이 대한민국에 가득하기를 진심으로 응원한다.

독서로 꿈을 이루어가는 재원이에게 파이팅을 보내 본다.

아자, 파이팅!

오세주(시인, 아동문학가, 강사)

글이란 무엇인가? 생각의 끝에서 전달하는 하나의 인격체이다. 무에서 유를 창조하듯, 새로움을 배우고 알아가는 단계에서 이루어지는 설렘이다. 이번에 중학생이 되어 독서와 함께 살아가는 아들의 모습을 생각하다가 지나온 시간들에 대한 고마움과 사랑을 담아 글을 쓰게 되었다. 이 책을 통해 아들이 동기부여가 되고, 먼 후일 부모의 사랑을 기억하는 바람이 있다. 또한, 재원이의 일기를 통해 읽어보는 독자들에게 꿈과 희망으로 채워지기를 소망한다.

목차

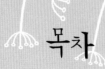
목차

제 1 부

:

꿈을 향한 날갯짓

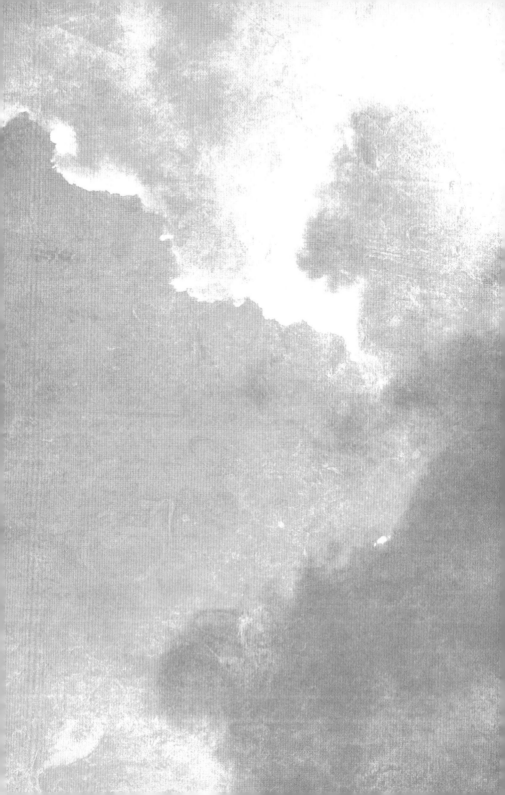

넌, 하늘보다 높단다

행복의 기준은 뭘까?

하늘보다 높은 내 아이, 내 자녀가 아닐까?

아이를 향한 엄마의 사랑은 끝이 없을 것이다. 세상에 태어나 처음으로 만난 아이는 얼마나 아름다울까? 그랬다. 재원이 처음 만났을 땐, 심장이 쿵쾅거리고 기분이 하늘을 찌를 듯 묘했다. 10개월 동안 태아가 움직이는 고동 소리를 듣노라면, 마냥 행복했다.

시집와서 남편을 만나고 인자하신 시부모님 덕분에 늘 화목한 가정으로 살아왔다. 남편의 사랑은 언제나 교육 중심이었고 늘, 독서를 지지하는 우리 집 환경이 참 좋았다. 언제나 배움을 우선시하는 시댁 가풍은 든든한 울 재원이가 성장하는 길을 기대하게 했다. 재원이가 태어난 후, 집안에 웃음꽃이 피었다. 재롱을 부리는 세 살 꼬마시기를 거쳐 어느덧 유치원에 다닐 때, 재원이는 빛이 났다. 모든 부모가 마찬가지겠지만, 자식 사랑은 끝이 없나 보다. 주위 사람들과 일찌감치 자녀교육에 관해 대화하고 재원이도 튼튼하게 성장하여 동화책을 좋아하는 아이가 되었다. 성격도 어쩌면 온순하고 말을 잘하는지, 어려서부터 고집은 있어도 언제나 남자다웠다.

사내아이는 그렇게 자라고 있었다. 전원주택에서 마음껏 초롱이와 산책하고 여기저기 뛰어다니며 놀아가는 아들이 참 대견스러웠다. 아이들은 그래서 자연이 좋은가보다. 엄마는 늘 재원이를 사랑해! 이런 고백이 끊임없이 나오고 자녀를 생각하는 부모가 되어간다. 행복은 보이지 않는 곳에서 오는 것이 아니라, 눈으로 체험하고 보이는 곳에서 온다는 사실을 실감했다. 엄마와 아빠, 할머니와 할아버지, 그리고 재원이, 귀염둥이 강아지 초롱이, 대가족이 살아가는 우리 집에 샛별처럼 재원이가 있어서 기분이 좋다. 사계의 계절이 춤을 추며, 각자의 꽃을 피우듯 우리 집 계절도 새록새록 다양한 분위기의 성장기이다.

✷ 생각을 말하는 아이

"엄마, 꽃은 무엇을 보이려고 활짝 필까요?"
"엄마, 새는 왜 하늘을 계속 날아다닐까요?"

여섯 살부터 재원이가 밖에 나오면 질문하는 말이다. 호기심이 많아 우주와 천체에 관심을 보인다. 밖에 꽃을 보면 그냥 지나치지 않는다. 손가락으로 제스처를 보이며 엄마에게 질문한다. 거리를 걷다가 궁금한 부분에 대해서는 무조건 묻는다. 재원이가 질문을 하기 시작하면서부터 엄마인 나도 자연스레 서점에서 책을 찾아보곤 한다. 모든 부모가 그렇듯, 자녀에게 똑똑한 엄마가 되고 싶으니까. 나도 그렇게 자녀에게 든든한 버팀목이 되어간다.

재원이가 생각을 말하는 아이로 성장하고 있다. 과학자 스티븐 호킹을 존경하고 좋아한다. 영국의 과학자 블랙홀 이론을 선보인, 물리학의 대가 스티븐 호킹을 좋아한다. 꿈도 생겼다. 우주를 궁금해해서 천체 과학자가 꿈이다. 로봇에도 관심이 있다. 레고블록에도 관심이 있다. 게임도 좋아하지만, 재원이는 사고력을 바탕으로 새로운 미래를 꿈꾸는 아들임은 분명하다. 재원아, 사랑하는 내 아들! 아무 걱정 말고 지금처럼 든든하게 성장하렴! 창의력을 키우고 호기심을 길러서 꿈을 키우자.

재원이가 초등학교 2학년이 되었다. 독서가 중요해지는 시기다. 재원이의 체계적인 독서습관을 위해서 아이가 읽을만한 다양한 책을 준비하고 읽게 해나갔다. 아이는 독서를 하면서 달라지기 시작했다. 멘토 선생님을 만나서 꿈을 키웠다. 글쓰기도 도전하고 한국사도 배웠다. 아이가 점차 세상을 지혜로 배워나가는 느낌이다. 모든 엄마의 염원인 인성을 키우는 아이가 되어간다. 역시, 독서는 최고의 선생님이 분명하다.

부모는 아이가 창조적인 능력을 독서에서 배우길 희망한다. 재원이가 그런 부분에서 하나, 둘 배워나간다. 독서 선생님의 활발한 가르침에 내 아이도 인성이 밝고, 지혜와 사랑도 쑥쑥 키워나간다. 얼마나 감사한 일인가?

독서를 생각하는 아이가 되어간다는 것, 어려서부터 독서습관을 준비하는 것이 가장 큰 보람이고 기쁨이다. 말하는 아이가 되고, 발표나 토론하는 아이가 되어간다. 세상은 감사한 일이 참 많다.

대가족에서 즐기는 아들아

"할아버지, 할머니, 새해 복 많이 받으세요."

우리 집은 대가족이다. 시부모님을 모시고 산다. 전원주택에서 시부모님은 간단한 소일거리로 텃밭에서 이것저것 제철에 맞는 농작물을 재배하신다. 땀을 뻘뻘 흘리시며 한여름 고생하시는 걸 보면 참고맙고 존경스럽다. 재원이가 어려서부터 이러한 할아버지, 할머니의 사랑을 받고 자랐다.

할아버지는 말씀이 없으셔서 인자한 미소로 손주를 바라보신다. 반면, 할머니는 언제나, 손주인 재원이를 돌봐주시고 키워주신다. 얼마나 고마운 은혜일까요? 봄이면 봄꽃들의 풍경과 어우러짐이 아름답다. 꽃향기는 텃밭의 작물과 어울려서 아침 공기를 신선하게 한다. 간간이 들리는 새들의 노랫소리도 아침이라고 알리는 초롱이 강아지의 짖는 소리도 다 정겹게 들린다.

아침의 노랫소리도 하루를 시작하는 즐거움이다. 재원이는 일찍 일어나는 편이다. 아침을 좋아하는 아이이다. 친구들도 좋아하고 선생님들도 좋아한다. 대가족인 우리 집 문화와 유사하고 그 분위기에 적응해서인지 사람들을 보면 인사성이 좋다. 남을 이해하는 능력과 남의 것을 탐하지 않는 지혜는 아마도 집안 분위기를 무시하지 못할 것이다. 행복은 그래서 더불어 사는 가운데 있는지 모른다. 재원이가 주는 가정의 기쁨은 크다. 엄마의 말에 잘 따르는 성격을 보이고, 가끔은 고집도 있지만, 그 정도는 다른 가정에도 있지 않을까 생각도 해본다. 마음과 마음이 서로 하나가 되는 가정이 중요하다. 그러기에 대가족 문화의 우리 집 분위기가 좋다. 독서를 좋아하는 사람이 최고다. 그 안에 재원이가 있어서 너무나 좋다.

"재원아, 사랑해 엄마가."

전원에서 생각하는 아이

▽
▼
▽

산에서 부는 바람은 봄의 서곡처럼 신선하다. 소나무 사이로 바람이 불면, 우리 집 담장을 넘어 정원 뜰 안까지 신선하게 들어온다. 우리 집 담장에는 장미도 피고 여러 꽃이 피어 있다. 햇살이 내리쬐는 날이면 어릴 적 재원이와 정원을 거닐며 수다를 떨었다. 가끔 아빠가 지인들을 초대해 삼겹살 파티도 하고 다정하게 지인들과 살아가는 이야기를 나눈다.

재원이가 어릴 적 살았던 전원은 조용하면서도 도시적 이미지도 있다. 친구들을 좋아해 어릴 적부터 아이들의 놀이터가 되기도 했다. 종일 집에서 놀다가 밖에서 바람 부는 전원을 느낀다. 약간 양지바르고 높은 지대에 집이 있다. 생각을 좋아하는 아이는 호기심이 많다. 호기심으로 어려서부터 파충류를 좋아한다. 곤충과 자연의 조화를 좋아하고 함부로 동물들을 만지지도 않는다. 동물을 무척 좋아하는 아들이다. 사슴벌레, 딱정벌레는 물론 기어 다니는 벌레들까지 호기심이 있다. 곤충의 아버지라 불리는 곤충학자 파브르를 좋아한다. 파브르 곤충기를 읽으며 어린 시절을 보냈다. 이상과 현실의 세계를 동경하고 책에서 배운 지혜와 지식을 응용하여 펼치는 재원이가 있어서 좋다. 내 아들이라 그런 건 아니다. 순수하고 무엇 하나, 거짓이 없는 또래에 비해 해맑은 재원이다. 세상 누가 자기 자식을 좋게 평가하지 않겠냐마는 현실이 그렇다.

재원이는 언제나 순수한 열정으로 살아간다. 그런 아들이 대견하고 독서를 좋아해서 좋다.

전원생활을 하면서 아이는 상상력을 길렀다. 봄, 여름, 가을, 겨울을 나면서 각양각색의 사계절마다 달라지는 풍경들을 보았다. 파충류를 보면서 겁내지 않고 즐기는 아이, 아이가 커가면서 성장하는 감수성도 보았다. 창조성을 좋아하는 재원, 친구들을 좋아하는 재원, 그래서 집에 초대하기를 즐기는 아들, 얼마나 좋을까? 마음으로 실천하는 독서 일기를 본다. 행복은 이런 게 아닐까? 생각을 품어 자유를 누리고, 동시나 동화책을 보면서 그 시대를 연상하는 능력을 보인다. 궁금함을 좋아하고 말하기를 즐겨 하는 재원, 그래서 지금의 토론도 가능했을 것이다. 질문과 토론을 책에서 끌어내고 그 부분을 조명하는 제스처는 칭찬받을 만하다. 흙을 보고 살아가는 아들아,

넌, 언제나 그만큼 소중함을 배우는 거다. 누가 뭐래도 가장 소중한 보물을 보고 자라는 거야. 사랑해, 아들. 재원이의 성장은 이렇게 전원이 주는 교훈으로 나아간다.

동물을 아끼는 행복 소년

　유명한 과학자나 위인들은 어려서부터 동물을 좋아했다. 공통된 이야기는 인물들의 어린 시절은 동물과 자연에서 만끽하고 성장한다는 것이다. 동물을 사랑한다는 것은, 세종대왕이 백성들을 위해 품었던 '애민정신'이다. 이것은 백성을 근본으로 두고 정치를 한다는 뜻이다. 그러하기에, 임금은 백성들의 사랑을 받는 것이다. 재원이도 그랬다. 유난히 동물에 관심을 보였다. 만지고 키우고 먹이를 주는 모습에서 호기심 어린 아이들의 모습을 본다.

　누가 시켜서 동물을 사랑한다면, 얼마나 억울한가? 재원이는 있는 그 자체로 동물을 사랑한다. 밤새 동물과 함께 보내고 지킬 정도로 적극성이 대단하다. 고슴도치를 키울 적에도 얼마나 아끼던지 밤새 그 곁에서 관찰했다. 동물을 좋아한다는 것은 그 동물에 대한 사랑이 있어야 가능하다. 동물을 보고 그립고, 안아주고 싶은 동정심이 드는 것은 어쩌면 동물을 관찰하는 능력에서 오는지도 모른다.

전원은 자연에서 보는 관점이다. 내 아이가 행복해하는 모습을 보는 것은 부모로서 기쁜 일이며, 설렘이다. 환경의 변화를 통해서 배우고 자연을 사랑하는 기본 이치는 독서에서 출발한다. 재원이가 동물을 아끼는 마음도 어쩌면 자연을 알아가는 이치일 것이다.

재원이는 아빠를 좋아한다. 아빠는 언제나 재원이와 함께하기를 좋아한다. 산책도 하고 주말에 야외에 나가서 체험학습도 한다. 물론, 바쁠 때는 어쩔 수 없이 지나기도 하지만, 아들 사랑만큼은 크다. 재원이는 아빠와 함께 동물을 보고 곤충도 잡는다. 자연체험을 통해 재원이는 사고력을 기른다. 우리 집에는 재원이의 친구 아빠가 있다. 사슴벌레나 물고기를 잡은 것도 아빠가 함께 체험해 준 덕분이다. 동물을 사랑하는 재원이가 어려서부터 관찰이 있기에 지금처럼 다양한 분야에 관심을 갖게 되었다.

엄마는 너를 사랑한단다

▽
▼
▽

사랑하는 아들아!

너를 처음 본 순간 엄마는 얼마나 기뻤는지 모른다. 고운 피부와 살짝 찡그리며 나온 너는 엄마의 웃음꽃이었단다. 어려서 재롱도 부리고 엄마, 아빠의 말을 잘 들었던 우리 아들, 엄마는 세상에서 너를 가장 사랑하고 존중한다. 우리 집 보물 같은 존재인 너는 할아버지, 할머니의 보물이지. 가족들이 기뻐하던 어린 시절 모습이 떠오른다. 그런 재원이가 이제는 중학생이 되어 목소리도 허스키하고, 든든하게 성장하는 모습이 참 대견하단다.

우주를 그리워하던 아들, 스티븐 호킹을 좋아한 아들아, 물리학에 관심을 갖고 열심히 책을 읽고자 하는 너의 모습이 아름답단다. 엄마는 그냥, 네가 꿈을 꾸는 자가 되어서 좋아, 언젠가는 그 꿈을 이루겠지.

재원아, 모든 사람은 어려움을 겪고 성장과 성공을 이룬단다.

목표는 꾸준하게 건강을 챙기면서 살아가는 아들이 되길 바란다. 엄마는 무엇보다도 재원이가 건강하게 지금처럼 잘 성장하면 좋겠어. 소박하지만, 우리 가족도 2023년을 맞아 새해의 기운을 모아보자. 중학생이 되어 사춘기도 있겠지만, 든든한 아들로 엄마 옆에서 웃어주길 바라. 대화도 하고 독서 이야기도 하면서 보내자.

아들아,

언제나 독서로 채워가는 하루가 되었으면 해 엄마, 아빠도 너를 응원할게.

2023. 01. 16.

사랑하는 아들 재원이에게 엄마가

독서를 사랑하는 동심으로

독서는 창의력을 키워주는 길이다. 독서습관은 그래서 필요하다. 재원이랑 함께하는 독서는 행복하다. 처음에 독서습관이 잡히지 않는 상태에서 책을 읽고 말한다는 것은 쉽지 않았다. 독서 선생님과 상담하고 독서 코칭을 받으면서 우리 집에도 독서 분위기가 연출되었다. 아이를 위해 책을 사고 아이를 위해 투자하고, 독서 선생님을 찾아가 자문을 구하는 일상이 펼쳐진다.

엄마가 아이에게 주는 독서의 효과는 무얼까?

여기저기 엄마들 사이에서 독서가 주는 효과를 이야기한다. 재원이를 키울 때, 처음에는 어설픈 독서에 대한 이해와 편견으로 아이를 지도한 부분도 있다. 독서지식도 없이 아이에게 독서에 대한 필요성을 강조한다는 것은 지금 생각해도 우습다. 하지만, 독서에 대한 책을 읽고 준비하면서 내가 달라지고 아이가 달라진다. 독서가 주는 효과는 크게 3가지이다. 창의력, 글쓰기, 사고력 다지기이다. 무엇인가를 깊이 이해하고 말하기는 어렵다. 그러나, 독서는 그 모든 것을 가능하게 한다. 엄마들이 생각하는 독서는 그냥 책을 읽고 독후감을 쓰는 정도라 본다. 독서는 내용을 이해하는 학문이다. 정서가 밝은 아이로 키우기 위해서는 독서를 보면 안다. 내 아이가 지금 무얼 하고 있는지, 어떤 책을 읽고자 하는지, 무엇을 질문하는지, 등을 보아야 한다. 재원이는 독서습관이 지금은 되어 있다. 독서를 하고 내용을 안다. 질문도 곧 잘한다. 독서는 시간의 흐름을 통해 반복적이고 구체적인 학문이다. 그만큼 시간과의 싸움이라는 뜻이다. 독서에 대한 부모의 관심과 물질을 투자해야 한다. 적어도 초등학생용 책은 2000권 정도를 집에 두어야 한다. 재원이를 키울 때, 그랬던 거 같다. 창작, 전래, 명작, 위인은 물론, 한국사, 고전, 문학에 이르기까지 집에다 아이의 눈높이에 맞게 책을 사주었다.

아이는 사고가 다양하다. 그러기에, 사고를 통해 세상을 바라보는 눈을 키운다. 얼마나 값지고 위대한가? 칭기즈칸이 몽골 대륙을 이루는 큰 꿈을 보인 것처럼, 독서는 아이의 잠재력을 키운다. 미래지향적인 아이로 만든다. 온전한 성장을 돕는 길이다. 그래서 나는 아이에게 독서가 아깝지 않다. 참 기쁘고 행복하다.

필라테스 운동

▽
▼
▽

　최근에 퇴근 후 매일 운동을 한다. 운동은 정서적 안정을 주고 삶을 윤택하게 이끄는 지름길이다. 적당한 땀을 흘리며 인체의 기운을 돕고, 피로 해소와 컨디션 유지에 운동만큼 좋은 것은 없다. 처음에는 동네를 걷고 오는 것으로 시작하다가 필라테스 운동을 알고, 꾸준하게 다니고 있다. 매일, 운동하고 나면 기분도 좋고 기운이 좋다. 나보다 다른 사람들 모습도 보고, 강사 선생님의 멋진 동작도 배우게 된다. 모든 운동은 운동을 시작한 지 3개월이 고비다. 한 달, 두 달, 지나고 운동 요령도 생기고 적응력이 좋아진다.

　운동하면서 독서를 병행한다. 재원이하고 집에서 읽었던 독서도 좋다. 반복해서 아는 독서도 매일 하면 성취감도 있고 지혜도 생긴다.
　재원이와 산책도 하고 운동도 했다. 사춘기가 오면서 재원이는 집에서 운동기구를 이용해서 매일 한다. 필라테스 운동을 통해서 주위 사람과 나누는 시간이 생긴다. 대부분, 엄마들은 수다를 늘어놓는다. 하지만, 운동도 나름이다. 자녀들의 학업과 독후활동에 대해 늘어놓는다. 누구나 독서는 가능하지만, 책을 읽고 그 내용을 전달하는 과정을 나누는 것, 쉽지 않다. 온전한 온도는 항상, 36도 정상을 지킨다. 아이들이 방황하지 않고, 미래를 준비하는 것은 중요하다. 그 중심축에 엄마가 있다. 자녀들의 건강과 행복을 위해서 엄마는 늘 기도한다.

지금 내가 운동을 하는 이유도 재원이에게 건강한 엄마가 되어서 도움을 주고 싶기 때문이다. 발전하는 엄마의 모습으로 기본을 충실히 하는 모습을 보여주고 싶다. 언제나 쉼을 누리는 재원이가 되고 대화를 독서로 풀어가는 지혜를 갖길 바라는 마음이다. 운동을 하다가 생각을 한다. 행복의 근원은 무엇일까? 중년의 나이에 접어들어서 이제는 자녀의 기준이 생활의 기초가 되고 있다. 변화하는 재원이가 자랑스럽고 독서로 커가는 믿음이 든든하다. 우리 가족이 이제는 건강을 되찾아서 행복을 꿈꾸는 시간이 많았으면 한다. 사춘기 아들을 둔 부모로서 자녀의 생각을 많이 들어보고 대화를 이끌어가는 부모가 되고 싶다. 언젠가 재원이가 대학을 졸업하고 공부해서 사회에 꿈을 이루는 그날에 웃음으로 반기는 날이 오길 바라며 엄마는 노력 중이다. 건강하게 하루를 보내고 에너지를 만들어 가족을 위해 살고 싶다. 물론, 모든 엄마의 바람이겠지만, 그렇다.

집에서 재원이가 좋아하는 간식이나 음료를 준비해서 공부하는 아들을 위해 만들어 놓는다. 할머니가 잘 챙겨주시지만, 그래도 엄마가 주는 소중한 정성은 아들에게도 큰 힘이 되리라 믿어본다. 요즘 더 많은 책을 읽는 재원이가 부럽다. 끈기와 인내가 넘치는 독서량인데, 그걸 꾸준하게 한다. 재원이는 그것을 기쁨으로 하는 것 같다. 초등시절에는 보지 못한 독서량이다. 얼마나 기특한가?

매일 하는 필라테스 운동을 통해 가족들의 건강을 기원한다. 행복한 우리 가족, 소중한 부모님들, 내 남편, 그리고 아들, 매일 힘들게 일하면서도 엄마는 위대하기에 표시를 내지 않는다. 그저 묵묵하게 일한다. 운동을 계속하여 건강한 가정을 이끄는 부모가 되고 싶다. 소중한 미래를 위하여 재원이와 함께 나누는 독서시간을 위하여 날마다 땀 흘리며 운동한다. 그래서 그런지, 힘들지 않고 운동하고 있다. 최선을 다하는 삶이란, 나보다 다른 이들을 위해 살아가는 삶이다. 오늘도 감사하고, 내일도 기대하며 살아가자.

제2부 ∶

독서를 좋아하는 천재 소년

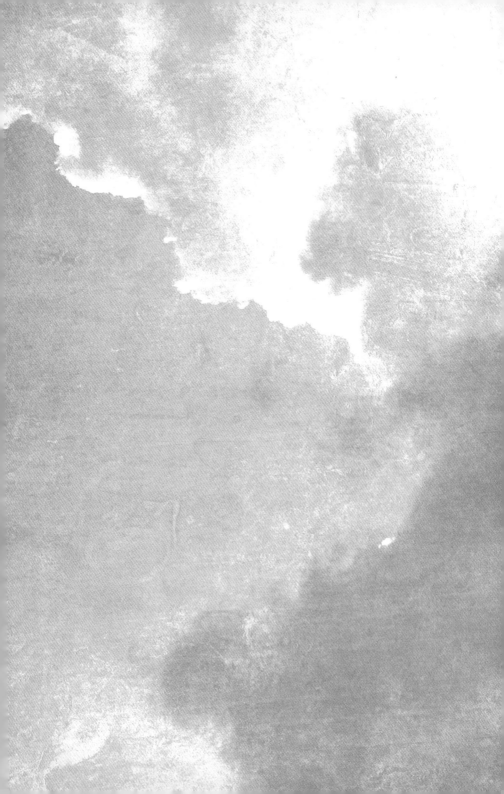

엄마, 이건 뭐예요?

▽
▼
▽

　재원이는 호기심이 많다. 길을 가다가 눈에 보이는 곤충이나 동물들을 자주 묻곤 한다. 사마귀를 보면 사마귀의 생김새와 동작, 배설 등 다양하게 질문한다. 개구리를 보면, 겁내지 않고 개구리를 잡아서 만지고 먹이를 주고 관찰한다. 물고기를 좋아하는 재원이는 동네 형이랑, 방학이나 주말에는 어김없이 뜰채를 가지고 복하천에 나가서 체험을 한다.

　붕어, 피라미, 송사리, 잉어 등 다양한 민물고기를 좋아한다. 파충류에도 관심이 남다르다. 뱀은 물론 도마뱀, 이구아나, 심지어 만화에 나오는 공룡에도 관심이 많다. 파충류를 보면 짜릿하고 흥미롭다고 말한다. 파브르 곤충기를 좋아한 재원이는 책에 나오는 파브르의 모습을 기억한다. 나비 채집으로 한국을 빛낸 석주명처럼 어쩌면 다양한 곤충학자와 동물학자를 통해 대리만족하는지도 모른다. 자식은 어느새 커서 혼자만의 사색을 즐긴다. 아이가 이토록 호기심을 보이면, 엄마는 그냥 아이의 질문에 대답해주어야 한다. 소통은 대화이고, 책을 보고 이야기하는 것은 의사소통이라 말한다. 궁금함이 많던 아이는 사춘기를 지나고 있다. 유치원 때부터 자연을 사랑한 아들, 부모가 자식을 바라보면 기쁘듯, 재원이를 보면 기특하다. 심성도 착하고 남에게 조금도 피해 주지 않는 마음 또한, 아이가 지니고 있는 심성이다.

호기심은 5살 무렵에 많고, 초등 저학년 때 가장 활발하다. 손을 잡고 바닷가, 강가, 산을 돌아다니다가 무언가 발견하면 관심을 보이는 아들, 그래서 좋다. 독서에서 발견한 최고의 답은 호기심이다. 행복은 그래서 자식을 통해 오나 보다. 누구보다 크고 위대한 보물이 바로 생각의 힘이다. 발명과 발견의 차이도 어쩌면 독서습관과 호기심에서 나오지 않을까?

초롱이가 함께하는 생각일기

▽
▼
▽

얼마 전 우리 집 막내 초롱이가 하늘나라로 갔다. 무엇보다 집을 잘 지키고, 전원을 즐길 줄 아는 강아지다. 초롱이를 무척 아꼈던 재원이의 사랑은 대단하다. 가서 쓰다듬어 주고 뽀뽀도 해주면 꼬리를 살랑거리며 반기던 초롱이 모습이 눈에 아련하게 비친다.

초롱이는 영리하다. 주인을 보면 무언가 말하듯 잘 따랐다. 재원이가 산책을 시키면 초롱이는 어느새 동네 한 바퀴를 돈다. 자유로움을 만끽하는 듯, 모습과 힐링하는 몸짓에서 동물들도 인간과 다를 바 없다고 생각했다. 초롱이와 대화하기를 좋아한 재원이는 힘들 때마다 창문을 열어 초롱이를 본다. 일종의 안식처이다. 학교생활에서 피곤하다 싶으면, 침대에 누워서 초롱이를 살핀다.

여름에는 초롱이도 낮잠을 잔다. 가끔은 너무 피곤한지 코도 골고 잠꼬대도 한다. 세상 부러울 것 없는 초롱이의 일상이다. 이 땅의 수많은 반려견이 있지만, 초롱이처럼 눈이 맑고 깨끗한 친구는 없을 것이다. 재원이가 좋아하는 초롱이는 새벽을 알리는 초인종이다. 아침에 학교 가는 타임을 준비하듯 초롱이는 신나게 노래를 부른다. 맑은 공기의 아침을 초롱이가 느끼는 모양이다. 동물들의 촉각이 발달한 것은 누구나 다 안다. 소리에 민감하여 도둑이 들어도 금세 알아차린다.

초롱이가 우리 집에 온 세월도 10년을 버금가게 흘렀다. 눈치코치 3단인데, 당구풍월(堂狗風月, 서당 개가 풍월을 읊는다는 뜻)이라는 한자에 걸맞게 초롱이의 행동도 그렇게 보였다. 모기가 있으면 그 모기를 잡아서 놀이처럼 놀고, 이상한 냄새가 나면 킁킁거리는 초롱이의 후각도 인상적이다. 그만큼 우리 집 보물과 같던 초롱이가 이제는 없다. 보고 싶어도 그리움만 집 안에 맴돈다.

초롱이가 세상에 없던 날, 재원이는 너무 힘들어했다. 엄마로서 미안하고 위로가 되지 않는다. 하지만, 독서 선생님과 재원이가 토론하는 요즘, 웃음을 찾는 모습이다. 부디, 하늘나라에서 편히 지내기를 초롱이에게 전하고 싶다. 또한, 선물처럼 우리 집에 와주어 고마웠다고 말하고 싶다. 초롱아~ 사랑해!

독서는 나의 친구랍니다

　행복한 사람은 행복한 말을 한다. 누구나 살면서 좋은 환경과 즐거운 시간을 염두에 두고 살아간다. 결혼해서 아이를 낳고 주부로서 가정생활을 하다 보면, 아이들을 올바르게 키우고자 부모들은 애를 쓴다. 재원이도 그렇다. 내 아이가 자라면서 독서를 친구로 삼는 일은 참 행복하다. 독서습관을 위해 동화책을 사주고 독서교육을 배운다. 2000권 이상의 독서를 하면서 재원이는 달라졌다. 창의력이 좋아 보인다. 자신의 마음을 전달하는 모습도 다르다. 인위적인 모습보다는 무언가 생각해서 말한다. 상상력도 다르다. 힘이 생겨서 강조하는 포인트도 다르다. 사물을 보면서 호기심이 발달하고 무언가 그것을 성취하고 관찰하고자 노력하는 모습을 보인다.

　아이가 5살이 되었을 때, 고집도 생기고 자기 소유의 관점도 발달했다. 체험 학습을 좋아해 개울가나 하천을 돌며 곤충도 채집하고 질문도 하나, 둘씩 늘어갔다. 친구와 함께 수다도 떨고 또래와 노는 모습을 보이며, 집에다 관찰대상을 놓아두고 날마다 살폈다. 재원이는 우주에 관심이 많다. 하늘의 별자리, 천문은 물론, 로켓을 타고 우주정거장에서 생활하는 모습을 그리기도 한다. 에디슨이 발명한 600가지 발명품들을 보고 신기하게 좋아한다. 뉴턴의 만유인력을 호기심 있게 바라보고 그것을 깊이 알기를 원한다.

처음부터 재원이가 독서에 관심이 있는 것은 아니었다. 엄마의 노력과 가정에서의 협조도 있었다. 인자한 할머니 사랑으로 재원이는 성장하면서 도움을 받았다. 할아버지는 늘 독서를 생활화하시는 모습이시고, 나도 가끔 책을 보고 아이와 이야기를 한다. 아빠도 회사 일이 바쁘지만, 재원이와 산책도 하고 놀아준다. 무엇보다도 독서를 체계적으로 가르치시는 선생님을 만나 재원이에게 큰 힘이 되었다. 그래서 아이는 독서환경을 말하는지 모른다. 그만큼 중요한 요소가 되기 때문이다. 아이가 하는 질문을 즐겁게 생각하고 관찰해야 한다. 워킹 맘으로 살아가는 나도 재원이가 어떠한지 늘 관찰한다.

이처럼 독서 효과는 삼각형이다. 부모, 아이, 지도교사 등 가정에서 보는 환경적인 요소에 영향을 미친다. 위대한 사업가나 인물은 어려서부터 독서광이라는 공통점이 있다. 내 안에 요소를 발견하고 채우는 작업부터 시작해야 한다. 독서는 경쟁력이다. 독서 선생님과 면담하고 상담하면서 어느새 독서를 알아가는 느낌을 받는다. 사랑하는

꿈을 키우는/ 재원이의 독서일기

아들, 독서를 사랑하는 재원이는 이제 중학교 2학년인데, 지금껏 행복해하는 모습을 보여주어 너무나 고맙고 대견스럽다. 재원이와 떠나는 독서 여행이 기다려진다.

거제도 일기

▽
▼
▽

　오랜만에 외출이다. 재원이와 함께 멀리 거제도를 간다. 밤새 설렘으로 보낸 재원이의 눈빛이 보인다. 중학생이 되면서 겨울 여행으로 아빠와 함께 남해의 보고 거제도를 향해 출발한다. 바다를 유난히 좋아하는 아들, 파도가 출렁이는 푸른 바다는 재원이에게는 금빛 질주의 시간이다. 단단히 준비하고 새벽부터 분주하게 짐을 꾸리고 출발한다. 거제도 푸른 바다와 남해의 옥섬이라 불리는 외도를 탐방하기 위해 3박 4일의 일정으로 겨울 여행을 떠난다.

　거제도에 도착했다. 호기심 많은 재원이는 여기저기 둘러본다. 싱싱한 남해 횟집을 보고 군침도 흘려보고, 관광객이 많이 가는 식당에서도 맛있는 저녁을 먹었다. 거제도 여행의 별미는 단연, 외도 섬을 탐방하는 길이다. 이국적 정취와 풍경과 조경이 어우러진 곳, 봄이면 섬 전체가 화려한 꽃으로 단장을 하고 손님을 맞을 외도, 겨울에 찾아온 섬은 조용하면서도 해풍을 맞아서 그런지 바람은 차갑다.

가이드 아저씨는 배를 타면서부터 친절하게 이곳저곳을 소개하고 관광객이 지루하지 않도록 안내한다. 외도를 방문한다. 외도는 말 그대로 환상의 섬이다. 재원이도 활짝 얼굴이 핀 얼굴로 반긴다. 너무나 아름다운 섬이다. 우리나라를 대표하는 관광 섬이다. 추억을 담는 연인들의 모습과 행복을 기원하는 가족들의 기념촬영이 한창이다. 외도는 들어서는 입구부터 이국적인 풍경이다. 거대한 선인장의 모습과 성벽을 타고 올라가듯이 걸어서 한 바퀴 돌아오는 정원은 최고의 길이다. 창립자의 의지와 사랑이 수년간의 걸쳐 조성된 작품이다. 엄마로서 아들과 추억 만들기는 아름다운 섬이다. 외도는 평온한 분위기에서 방문객들을 맞는다. 사람이 크고 굳게 자라기 위해서는 나무와 식물을 가까이하라는 말이 있다. 자연은 그만큼 초록으로 보답하는 진주다.

사춘기 아들 재원이는 그만큼 성장한 모습이다. 독서로 매일 하루를 열어가는 아들, 어느덧 독서 일기도 7년째가 접어들어 독서 선생님과 토론을 주고받는다. 문학 이야기나 역사 이야기에 관심이 많다. 우주와 천문에도 관심이 크다. 이러한 독서를 배우기 위해서는 다양한 경험이 필요하다. 그 경험은 바로 여행이다. 가급적 아들과 함께 틈나는 대로 여행을 가고 싶다. 누구나 여행은 좋아한다. 외도 섬 탐방을 통해 거제도 여행의 추억을 만들었다. 재원이의 표정에서 만족도를 본다. 배를 타고 갈매기에다 새우깡을 주는 장면은 재원이가 최고다. 신난 아들의 모습에 엄마는 그냥 흐뭇하다. 아들아, 잘했

어~~^^

　겨울방학을 이용해 잠시 다녀온 거제도 여행은 우리 가족에게 소중한 추억을 주었다. 아들이 좀 더 크고 멋진 꿈을 위해 밑거름이 되었다면 이번 여행은 충분히 성공했다고 본다. 바쁜 일상에서 잠시 힐링 시간이 되었으면 좋겠다.

물고기는 얼마나 힘들었을까?

생태체험을 좋아하는 재원이는 호기심이 많다. 개울가에서 관찰하는 시간은 아깝지 않다. 가끔, 친구들과 뜰채를 가지고 이천에 있는 복하천 근처 개울가에 가서 물고기를 잡는다. 붕어와 피라미, 미꾸라지 등등 자연을 감상하는 하루는 늘, 재원이에게 멋진 하루다. 엄마와 함께 가끔은 자연을 보러 주변을 나가는 경우도 있다. 친구들을 무척이나 좋아했던 초등시절의 내 아들은, 지금 생각하면 얼마나 동적인 아이였는지 생각하며 감사가 된다.

어느 날 재원이가 친구들과 물고기를 잡아서 집으로 가져왔다. 물을 갈아주고 어항을 준비하고 물고기를 살피는 지혜는 지금도 잊지 못하는 정성이다. 매일 보고 관찰하고 지극한 정성으로 살피는 아이의 마음을 보았다. 천상 재원이는 심성이 곱고 착한 아들이다. 남에게 비속어도 쓸 줄 모르는 아이, 그러면서도 물고기 사랑을 보이는 아이, 친구들도 인정하는 착한 아들이다. 물론, 고집은 있다. 자기가 하고 싶어 하는 것은 꼭 하고자 하는 고집이다. 약속을 소중하게 여기는 아이, 모험과 체험을 좋아하는 아이, 내 아들이지만, 소중하다.

요즘도 물고기는 여전하게 어항에서 관찰하고 있다. 재원이 방에서 늘 바라보는 자연과 함께 상상력을 가미한 아들의 취미이기도 하다. 한번 본 것은 기억력이 좋아서 잘 잊지 않는 아들의 모습을 보며, 그래도 독서가 주는 효과를 톡톡히 보는 이유다. 독서는 아이들에게 적극성을 심어주는 길이다. 엄마가 보는 아이의 독서도 그렇다. 처음부터 지금까지 재원이는 독서를 통해 변화해왔다. 자신감도 독서 선생님을 통해 달라졌고, 친구들 간의 소통과 이해관계도 달라졌다. 행복의 척도도 그렇다. 엄마 입장에서 아이의 관심도 그렇다. 물고기를 통해 조그마한 관심은 아이가 성장하는 밑거름이다.

처음에 자연관찰을 읽기 시작한 시점에서 보면, 재원이는 큰 변화를 보였다. 언제나 생각하는 거지만, 자연은 사람을 바꾸는 자산이다. 행복은 이렇게 자연을 통해 웃음을 주는 기쁨이다. 아이의 성장도 그렇다. 소중한 독서도 현재진행형이다.

스티븐 호킹을 사랑하는 아이

과학의 힘은 얼마나 클까?

생각하지 않아도 인류의 탄생과 가치는 과학이 이룬 결과라고 해도 과언이 아니다. 가끔 텔레비전을 보면 인간이 우주를 발견하고 우주탐사 과정을 소개한 부분을 본다.

내가 초등학교에 다닐 때, 과학 시간에 실험을 하고 친구들끼리 모둠으로 관찰했던 적이 있었다. 그때 친구들과 토론하고 서로의 의견을 통해 과학의 원리를 강조했던 추억이 있다. 그때는 지금보다 과학원리나 실험도구가 현대화되지 않는 시기인데도 열정은 살아서 꿈을 키우는 계기가 되었다.

세월이 흘러 결혼하고 재원이를 낳고 보니, 부모라는 입장에서 아이가 과학도 잘하는 모습을 보이면 좋겠다는 바람이 생긴다. 그래서일까? 재원이는 과학탐구를 좋아한다. 신기한 모형이나 도구, 기계나 전기로 만든 회로, 우주에 관한 이야기, 자동차, 엔진까지 흥미롭게 바라본다. 아이는 크면서 관찰하는 모습이 다르다. 말이 적은 아이가 말을 하는 아이로 다가온다.

스티븐 호킹은 물리학자이다. 재원이가 처음으로 스티븐 호킹을 좋아하게 된 이유는 독서 선생님 덕분이다. 독서시간에 인물탐구를 주제로 했는데, 그때 스티븐 호킹을 배웠다. 옥스퍼드 대학에서 조정선수로 20살까지 대학 생활을 한 스티븐 호킹은 학문을 탐구하고 연구하는 독서광이었다. 갑자기 찾아온 루게릭병(근 위축성 신경병)이 찾아오고 스티븐 호킹의 인생은 180도 달라지기 시작했다. 근육이 굳어가는 병을 앓았지만, 포기하지 않고 강한 정신력으로 물리학을 연구하여 '블랙홀'이라는 물리학을 발표한다. 블랙홀 이론으로 전 세계의 과학발전을 이끈 스티븐 호킹은 청소년들의 꿈의 무대인 과학탐구를 가능하게 했다. 불편한 몸으로 인간 의지를 보여준 스티븐 호킹은 독서를 통해 미래를 이끄는 디딤돌이 되었다.

재원이도 이러한 스티븐 호킹을 좋아한다. 무엇이든지 노력만 하면 할 수 있다는 자신감을 보여준 물리학자 스티븐 호킹을 만난 것이다. 독서는 그래서 좋다. 부모라면 자식이 원하는 것은 무엇이든지 해주고 싶다. 어떤 상황이어도 부모가 자식을 버리겠는가? 아마도 스티븐 호킹은 그랬을 것이다. 주변에 수많은 사람이 그를 돕고 격려하고 봉사와 헌신으로 섬겼을 것이다. 인간은 누구나 어려운 상황을 돌보는 지혜가 있다. 재원이도 이러한 과학자를 알고, 물리학과 우주에 관해 관심을 갖게 되었다. 지금 생각하면 초등학교 2학년에 독서를 시작한 것은 참으로 잘한 선택이라 본다. 인물과 명사들을 배우는 것은 어쩌면 복이다. 중2가 되어 의젓해진 재원이가 계속 부지런히 독서를 통해 성장하기를 바란다.

시클라멘 꽃을 받던 날

▽
▼
▽

　재원이가 6학년이던 2021년 여름이었다. 우리 가족은 여름에 생일자가 4명이다. 여름에 생일자가 많다 보니 자연스럽게 무더위도 쉽게 지나가는 것 같다. 시간은 흘러 내 생일이 되었다. 그날따라 정원을 가꾸며 꽃을 좋아하던 시기였다. 꽃에 물을 주는데 저 멀리서 재원이가 다가온다. 무언가 손에 쥐고 한 아름 내보인다. 다름 아닌 핑크빛 나는 '시클라멘' 화분을 선물로 준다. 내 생일을 기억하는 선물이다.

　아침에 미역국도 먹었다. 재원이는 아침부터 분주했다. 자전거를 타고 멀리 있는 화원 가게로 가서 주인아주머니에게 "엄마 생신인데 어떤 꽃이 좋을까요?" 하고 물어봐서 사 왔다고 한다. 참 기특한 아들이다. 여자들이 좋아하는 꽃을 생각해 내었던 아들이 대견스럽다. 이제 다 컸구나, 하는 생각이다. 그날은 지금도 잊지 못한다. 마치, 세상을 다 얻은 기분이었다. 무뚝뚝한 아들인 줄 알았는데, 이렇게 표현을 하다니, 참 고맙다.

시간이 흘러 2023년 중학교 2학년이 되었다. 정성스럽게 키운 꽃이 내가 일하는 미용실에서 활짝 웃는다. 그 꽃을 볼 때마다 재원이의 초등시절이 생각난다. 행복은 이런 걸까? 자식의 달라진 모습을 보는 부모가 얼마나 행복한지 알 듯하다. 부모는 자식을 보며 산다는 옛말이 실감이 나는 이유다.

엄마로서 열심히 일하며 자녀교육을 생각하는 기쁨은 누구나 있을 것이다. 하지만, 성장일기를 쓰며 독서하는 부모는 드물다. 재원이를 통하여 지금, 나는 성장일기를 쓰는 것이다. 사춘기에 접어든 아들에게 엄마가 주는 선물을 준비하고 있다. 꽃을 받은 기쁨보다 아이가 엄마를 생각해주었다는 그 자체만으로 난 행복하다. 지금도 그렇다. 아이하고 대화하고 무언가를 생각한다는 순간들이 너무나 좋다.

요즘 수행평가나 지필고사를 준비하는 단계인 중학교 2학년에 접어들었다. 재원이는 노력하는 아들이다. 최근 논술 선생님과 학교 진도에 관해 대화도 나누고 자신감을 얻었다. 열심히 학업에 충실하려고 하는 아들의 태도와 자세가 마음에 든다. 물론, 부모로서 바람이기도 하지만, 그렇다고 모든 것을 잘하라는 의미가 아니다. 자신의 위치에서 최선을 다하고자 하는 자세를 말한다. 인간은 생각하는 동물이다. 누구나 한번은 좋은 생각으로 세상을 살아가는 노력을 한다고 본다. 재원이와 함께하면서 아들의 생각을 공유하고 부모와 자녀 간의 돈독한 사랑을 느끼는 중이다. 자식이 부모를 바라보는 마음, 부모가 자식을 바라보는 마음, 세상에서 가장 귀하고 아름다운 선물이 아닐까 생각해 본다.

시클라멘을 기억하는 하루하루가 즐겁다. 추억이지만, 소중한 자산이다. 매일 미용실에서 손님을 대하느라 피곤하지만, 그 꽃을 보면 힘들어도 피곤하지 않다. 사춘기에 한창인 요즘, 목표를 갖고 학업에도 열중하고자 하는 재원이가 자랑스럽다. 건강을 지키고 튼튼한 마음으로 멋진 세상을 열어가는 아들이 되길 바란다. 재원아, 세상에서 엄마가 가장 사랑해! 변함없는 너의 모습으로 성장하길 바랄게! 독서로 채워가는 재원이의 모습도 자랑스러워! 행복은 이렇게 소소하게 웃는 하루라는 걸 알게 되었다.

할아버지는 공부 중

▽
▼
▽

　얼마 전 재원이 할아버지는 늘 공부 중이시다. 용기를 주시기 위해 재원이에게 캘리그라피를 배워서 또박또박 글을 써서 선물을 주시고 격려하신다. 나에게는 소중한 아버님이시다. 이천시에서 운영하는 노인복지회관에 나가셔서 평생학습 프로그램 일환으로 캘리그라피를 배우시고 수료하셨다. 수료식에서는 학업 우수상도 받으시고, 열정으로 학구열을 보이신다. 노인이라고 그냥 집에만 계시지 않는다. 무언가 찾아서 자기계발을 하려고 노력하신다. 할머니도 여전하게 배우신다. 두 분 모두 평생학습으로 건강을 유지하며 활기를 불어넣고 있다. 얼마나 아름다운 일인가? 며느리로서 난, 복을 받은 것 같다. 인자하신 시아버지와 시어머니를 만나서 이렇게 재원이와 함께하고 있으니 말이다.

　최근 재원이는 할아버지와 자주 이야기를 한다. 평소 말수가 적으신 할아버지신데 재원이하고 대화하며 활기차다. 재원이 독서 책상에는 할아버지가 써 주신 캘리그라피 글귀가 있다.

"세상은 내 편이다."
"힘내, 여기까지 왔잖아."
"보고 싶은 사람보다 지금 보고 있는 사람을 사랑하라."

　주옥같은 희망의 메시지이다. 할아버지가 손자에게 주는 용기 있는 말에 자식 사랑하시는 부모의 마음이 담겨 있다. 손수 배운 재능으로 누군가에게 소박한 일상의 희망을 준다는 것은 지금 생각해도 훌륭한 인격의 소유자이시다. 고맙고 사랑한 아버님의 모습에 며느리로서 감동한다.

　계절은 봄이다. 4월의 시간에 우리 집 풍경과 사랑도 맑음을 유지하고 있다. 얼마 전 초롱이가 떠나고 재원이가 허전해했는데, 그 빈자리를 할아버지가 채워주신다. 비가 내리는 4월 5일, 식목일이다. 나무를 심고 일 년을 풍성하게 기원하는 하루다. 비가 내리는 오늘, 우리 집 나무들도 모처럼 수분을 섭취하고 흥얼거린다. 아름다운 자연은 은혜를 소중한 공기로 보답하고 싱그러움을 준다. 할아버지가 재원이에게 주신 사랑처럼 날이다.

　할아버지는 붓글씨도 잘하신다. 평소에 일어나서 자주 쓰시곤 한다. 유학을 좋아하시고, 예절을 중시하시는 할아버지는 한자를 공부하며 고서를 탐독하신다. 이렇게 열공 하시는 할아버지 덕에 재원이가 배운다. 칭찬도 아끼지 않는 할아버지에 대한 재원이는 꿈을 갖는 배경이 되기도 하신다. 그 이면에 할아버지의 배움과 독서지도 선생님의 논술에 있다. 엄마로서 행복하다. 봄이라서 좋고, 재원이가 웃고 행복해하는 모습이어서 좋다. 언젠가 성장하여 추억을 회상할 때 할아버지의 모습을 이야기하리라 본다. 현재는 가장 행복한 시간이다. 책을 읽고 질문을 하고 쓰고를 반복하다 보면 어느새 희망의 문턱에 이른다. 그만큼 집안 분위기는 아이들에게 미치는 영향이 크다. 하루를 소중하게 쓰는 연습은 최고의 가치라 생각한다.

제 3 부

⋮

생각을 말하는 독서여행

행복은 동시로 표현한다

▽
▼
▽

호빵
....

연기처럼 김이 모락모락

피어오르는 호빵

겨울에 호호 불며 먹는 호빵

엄마도

아빠도

친구들도 모두다

맛있게 먹는 호빵

호빵아

내일도

널 먹어 줄께

속에 단팥이 들어있는

엄마의 사랑

초등학교 3학년 무렵에 재원이가 쓴 동시다. 순수하면서도 맛깔스럽게 표현한 짧은 동시다. 호빵을 통해 엄마를 그리고 있다. 참으로 대견하다.

가족이라는 공동체를 호빵으로 표현하고 동시로 마음을 나타냈다는 것은 재원이가 글쓰기에도 소질이 있다는 증거다. 훌쩍 커버린 아들이 써 내려간 어린 시절 동시를 접하다 보니, 어느새 나도 동심으로 빠져든다. 아들의 사랑을 엄마가 느끼는 중이다.

재원아, 고마워!

여행
....

여행을 가면 재미있다

우리가족 모두 다

신나게 노래 부르며

할아버지, 할머니

아버지, 어머니

여행을 떠난다

배낭을 메고
김밥을 챙겨서
어디든지 떠나는 여행

든든한 우리가족
응원을 받으며
봄 소풍 가듯이
여행을 떠난다

이 동시에는 재원이가 좋아하는 모습이 눈에 선하다. 배낭을 메고, 세계여행을 가고 싶어 한다. 여기저기 둘러보고 기분을 내보고 싶었을 것이다. 여행을 갈 때도 우리 가족하고 같이 떠나는 행복을 동시에서 그리고 있다. 든든한 우리 가족을 통해 공동체를 기억하는 동시다. 여행은 웃으면서 즐거움을 찾는 곳이다.

솜사탕

후후 불면은
조그만 뭉게구름처럼
날리는 솜사탕
푹신푹신한 솜사탕

얼마나 맛있을까

부드러운 솜사탕
너를 먹고 말거야

책

책은 언제나 반겨준다
그림 속 인물들도
나를 반겨준다

책을 읽으면
마음이 편하다
모르는 것도 금방 알려주는
마법 같은 요술항아리

언제나 궁금하면
책에게 물어 봐야겠다

　　재원이의 동시 두 편이다. 어릴 적 추억 속의 솜사탕과 책을 통해
재원이의 마음을 본다. 얼마나 순수한 부분이 있는지, 〈솜사탕〉에서

"부드러운 솜사탕 너를 먹고 말 거야"라는 표현과 솜사탕을 구름에 비유하여 표현한 부분이 감동을 준다. 책은 만인의 독서다. 책을 읽는 것은 당연한 인간의 도리이다. 그런데, 그 책을 우리는 얼마나 보고 사는가? 곰곰이 생각하다 재원이의 시를 보게 되었다. 책을 "마법 같은 요술항아리"로 묘사한 부분이 공감이 되었다. 독서는 그래서 좋다. 정보를 공유하고 내용을 파악해서 다른 사람들에게 알려주는 뉴스이다. 그래서 책은 늘 가까이해야 한다.

케익은 어떤 맛일까? 재원이가 생각하는 케익은 다를 것이다. 달콤하고 초콜릿처럼 달달하게 케익을 연상해본다. 생일을 축하하고 집안의 좋은 일에는 언제나 등장하는 케익은 누구나 좋아하는 간식이다. 재원이의 동심의 마음으로 〈케익〉을 한번 들여다보자.

케익
....

달달하고 맛있는 케익
엄마 손처럼 따뜻한 케익
생일에 먹어도
즐겁고 신나는 케익

언제 어디서도 생각나는
달콤한 케익

오늘도 먹어야 겠다

간단하면서도 즐거운 동시다. 케익을 생각하며 엄마를 떠올려 준 재원이가 고맙다. 늘 상, 부족하다, 생각하는 부모인데, 어느새 재원이의 마음에는 긍정 마인드가 싹트고 있어서 고맙다. 시를 쓴다는 것은 자기를 표현한 최고의 예술이라고 생각한다. 자주 재원이가 시를 쓰면 좋겠다.

피자
....

동글동글 맛 나는 피자
넙적넙적한 조각을 집으며
연기가 퍼지며
맛있는 냄새가 난다

킁킁
콧속으로 들어가
엄마, 아빠 서로서로 나누며
한 조각 두 조각
할아버지, 할머니 웃음보따리

한 조각
우리가족 사랑이다

맛 나는 피자
동글동글 행복이 다가오네

피자는 우리 아이들이 좋아하는 간식이다. 재원이는 피자를 보고 언제나 가족을 생각한다. 마음으로 응원하는 모습이 보인다. 겉으로는 아닌 척하지만, 속으로는 대견 그 자체이다. 예의가 바르니 부모는 행복하다. 최근 들어 등장한 다양한 피자는 아이들의 입맛을 사로잡았다. 밥은 안 먹고 패스트푸드로 배를 채운다. 자주 먹기보다는 가끔 간식으로 애용하면 좋겠다.

어머니
....

어머니
우리 어머니

어머니 사랑
기억해봅니다

미용실에서
하루 종일
손님들과 함께하는 엄마

얼마나 고생하는지
마음이 아프다

엄마는 시간이 있으면
나랑 놀아주신다

너무너무 나를 사랑하나 봐요
엄마
사랑해요

　순수한 아들의 편지처럼 보인다. 어머니 하면 금방이라도 눈물이 나오는데, 아들의 입장에서 보는 엄마의 사랑은 무얼까? 생각해 본다. 성장하면서 감성이 커지고 잠깐이라도 사색에 담겨 동시를 쓰는 재원이가 멋지다. 큰 목표로 살아가 보자. 그 이면에 독서가 있다.

또치
....

고마운 친구
언제나 반겨주는
소중한 친구

밥을 줄 때도
코를 벌름거리는
귀염둥이 내 친구

따끔따끔 가시를 세우며
배고프다 눈치 하는
또치는 개구쟁이

밥을 주면 언제나 조용하게
하나 두울셋
코를 벌름거리며
뿌뿌 재롱을 피운다

나이
. . . .

콩나물처럼 쑤우 욱
우리 가족은 키가 자란다

신기한 시간들이 지나고
어느새 주름살 보이면
나이가 들었다고 한다

아침에도
저녁에도
우리가족 신나게
웃음을 가져다주는
소중한 나이자랑

　재원이의 일기처럼, 동시를 이렇게 정리해 본다. 어릴 적 추억이길래 한번 정리하고 싶었다. 재원이가 성장하면서 생각한 이야기들이다. 독서를 배우고 고전을 배우고 독서 선생님과 오랜 시간을 보내면서 재원이도 어른스럽게 변하고 있다. 풍부한 사고력은 물론, 배려심, 남을 나보다 낫게 여기는 행복한 아들이 되어가고 있다.
　이번에 재원이를 생각하며 글을 정리하다가 누구나 자식을 생각하면 쓸거리가 많구나! 하고 생각이 들었다. 내 아들, 내 딸이 소중하듯, 우리에게는 독서가 무엇보다 소중하다고 생각한다. 한번 놓치면 평생 후회하는 독서라서, 우선 독서는 보물창고라고 생각하고 하시길 권한다. 재원이의 습작을 통해 행복함을 느낀다. 고맙다, 재원아! 최고의 사랑을 받는 아들이 되거라.

웃는 얼굴

웃음은 무엇일까?
세상 사람들이 가장 즐겨하는 것
표정으로 보고 듣고, 하루가 즐거워하는 곳
그곳에는 언제나 웃음이 있다.

니체는 웃음에 대해 이렇게 표현했다. "오늘 활짝 웃는 자는 역시 최후에도 웃을 것이다."

빅토르 위고는 웃음에 대해 "인간은 웃는 재주를 가지고 있는 유일한 생물이다."라고 했다.

그런가 하면, 영국의 대표적인 극작가인 셰익스피어는 웃음을 "그대 마음을 웃음으로 감싸면 천 가지 해로움을 막아준다."라고 표현한다.

웃음은 보약이다. 남에게 전달하는 최고의 비타민이다. 웃음으로 분위기를 바꾸며, 사람들을 이해한다. 우리 조상들이 웃음으로 살았다면 우리도 그렇게 살아야 한다. 재원이와 웃는 시간을 보낸다. 요즈음 웃는 재원이의 얼굴에서 평온함을 느낀다. 여름이 시작하고 날씨는 덥다지만, 집에서 재원이와 있는 하루는 보람이 크다. 행복은 다른 데서 오는 게 아니다. 웃는 하루가 보약이다. 가족이라는 공동체 안에서 우리는 매일 인사와 웃음을 나눈다. 재원이도 친구들과 집에서 수다를 떨며 웃으며 지낸 적이 있다. 웃음치료사가 등장한 요즘, 얼마나 웃음이 건강에 도움이 되는지를 본다. 웃지 않는 하루는 그만큼 힘들다.

내 아들 재원이도 보니 웃음을 아래 시처럼 표현했다. 웃으면 행복하고 웃는 하루가 얼마나 즐거운지를 표현한 것이다. 재원이의 성격도 밝아서 친구들 사이에서 인기가 크다. 온 가족이 웃음으로 하나 되는 그날을 기대하고 있다. 대가족인 우리 집에서 재원이는 보석과 같은 존재이다. 동물에 관심과 새들의 관심과 물고기들에게 관심이 크다. 매일 집에 있는 어항을 보고 관찰하기를 좋아하고, 고슴도치가 자라는 모습을 좋아한다. 학교에서 돌아오면 어김없이 집에 있는 여러 동식물을 찾는다. 애정이 있어서 얼마나 소중한지 모른다. 웃음으로 반기는 그 모습에 부모도 보기가 좋다. 호기심이 강하고 그 호기심을 표현하는 아이다.

"웃는 얼굴에 침 못 뱉는다."라는 말처럼, 종일 웃고 친구들과 어울리기를 좋아한 재원이가 좋다.

웃음
....

웃으면 마냥 행복하다
한번 크게 웃어보자

하하 호호

할아버지도
할머니도
엄마도 아빠도
우리가족 웃음 꽃
행복이 굴러 들어온다

웃음은 만병통치약
신경통에도
관절염에도
머리가 지끈지끈 할 때도
웃어보자
새로운 힘이 생긴다

진정한 행복의 시작은 무엇일까?

바로 웃음이 아닐까 한다.

웃는 하루를 기대해보자.

빨간 자전거

우연한 기회에 독서를 했다. 독서는 좋은 활동이라, 생각하고 매일 책을 통해 배운다. 생각하고, 쓰고 다듬고, 책을 읽게 되었다. 제목은 "빨간 자전거"이다. 학교에서 독서록을 쓰라고 배운 적이 있다. 하지만, 의무적으로 쓰는 독서록은 나에게 의미가 없다. 이번 독서는 내가 읽고 싶어서 읽은 것이다.

우선 내용이 이웃집 아저씨처럼 포근하고 따뜻한 정이 깃든 하루다. 우체부 아저씨가 전달하는 편지를 보고 기뻐하는 사람들이 있다. 정겹고 포근한 시골의 정취와 꽁지머리를 한 우체부 아저씨의 소담스러운 모습이 연상된다. 향기라는 우표를 붙여서 나에게 준다면 얼마나 좋을까 생각한다. 근데 분명 우체부 아저씨는 존재하고 언젠가 나에게 편지를 주니 기다려봐야겠다.

빨간 자전거를 타고 우편을 배달하는 아저씨를 보며 얼마나 고마운 분일까 생각을 한다. 더운 날씨와 추운 겨울에도 변함없는 아저씨의 고생하시는 모습이 자랑스럽다. 앞으로는 집배원 아저씨께 고맙다는 인사를 나누고 싶다. 편지라는 의미를 새기고, 친구들과 소통하며 독서를 하고 싶다. 글을 쓸 때도 상대를 이해하고 주제를 파악하여 보다 정확하고 진취적인 자세로 쓰고자 한다.

글은 나에게 희망이며, 생명이다. 여러 권의 책을 읽고 비로소 인생을 알고, 사춘기 재원이의 목표를 발견하고 있다. 남에게 부끄럽지 않은 학생이 되기 위해서 부지런하게 독서와 글쓰기를 하고 싶다. 독서를 이해하는 문학을 배우고 싶다. 책 한 권을 읽어도 좀 더 자신감 있는 표현과 애정을 보여주고, 《빨간 자전거》에서 말하듯, 우리가 처해 있는 현실을 감사하고 분명하게 대처하는 독서를 하고 싶다. 충분한 독서를 위해 앞으로 많은 없는 책을 읽어가고 싶다.

재원이의 독서량

"힘든 시기가 있으면 즐거운 날도 있다."

재원이가 독서를 시작하기 전에는 마냥 밖에서 뛰어놀고 집에서 자느라 하루가 다 갔었다. 무엇보다도 독서가 중요하지 않기에 재원이 스타일로 살아가는 것이다. 유치원 때도 아주 편하게 보냈다. 초등학교에 올라와서 학부모들을 만나보니, "어떤 집은 독서를 잘해서 아이가 좋은 대학에 갔더라."는 이야기와 "요즘 논술의 비중이 커지다 보니 독서를 일찍 시작해야겠다."는 이야기들을 들었다. 듣고 보니, 그들은 어떻게 아이들을 가르치고 있을까? 궁금하기도 하고 독서법에 대해 관심이 생겼다.

그래서 학부모들에게 독서 논술에 대해 물었고, 그 답으로 지금의 논술 선생님을 만났다. 처음 논술 선생님을 보았을 때, 열정이 넘치셨고 글에 대한 천부적인 실력이 있었다. 글의 흐름 파악은 물론, 첨삭완성, 즉흥시와 즉흥 논술문 쓰기 등등 다양한 수상 경력과 교육부장관상까지 독서에 관한 최고의 스승을 재원이가 만난 것이다.

행복은 그래서 찾아오는 걸까? 재원이는 꿈나라 독서 선생님을 정말 좋아하고 수업에 빠지지 않고 잘 따랐다. 덕분에 옆에서 지켜보는 엄마 입장도 고맙고 사랑스러웠다. 논술 선생님은 창의력과 사고력을 매우 중요하게 다루었다. 글의 흐름 파악은 물론, 문학의 스토리를 강조하시고 재원이와 토론을 병행하며, 가르치셨다. 초등시절에 논술 선생님 덕분에 중학생이 되어 꿈을 키우는 재원이가 고맙다. 여름방학 글쓰기 특강은 물론, 겨울방학에도 초등시절 글쓰기 특강을 배웠다. 동시를 쓰고, 산문을 쓰면서 글을 확장해 나갔다. 이런 면에서 재원이는 소중한 친구다. 아들이기에 자랑도 하지만, 한편으로는 논술 선생님과 함께해온 재원이가 달라졌기에 글을 쓸 수 있는 것이다.

중학생이 되면서 재원이는 글쓰기를 즐기고 있다. 부모도 모르게 혼자서 알아서 학교에서 글을 쓴다. 수시로 타오는 상장들, 부모로서 감동적이다. 초등시절에 배운 독서가 헛되지 않음을 증명이라도 하듯 재원이는 지금 실행 중이다. 만약에 여러분이 이 책을 읽는다면 반드시 독서 논술을 배우라고 권하고 싶다. 독서습관은 물론, 아이가 웃음을 되찾고, 창조적인 아이로 성장해가는 밑거름이 된다. 이론이 아닌, 실제로 독서를 배우는 단계가 반드시, 필요하다. 재원이가 읽어가는 독서량은 다양해졌다. 요즘에는 사회소설도 도서관에서 빌려온다. 서점에 가서 구입한 경우도 있다. 고전과 역사는 물론, 청소년들의 이슈가 되는 소설도 읽는다. 분량의 차이는 중요하지 않다. 재원이는 뭐든 무조건 읽는다. 선생님과 문학을 놓고 토론하고 발표하는 일은 재원이에게는 신나는 일이다. 남들이 볼 때는 지루하게 보일 수도 있는데, 재원이는 즐기는 편이다. 기억력도 좋아서 스토리를 다 기억한다. 논술 선생님은 언제나 재원이를 격려해주시고, 최고의 긍정을 심어주신다. 그 덕분인지 재원이가 친구들을 만나도 희생하고 잘 싸우지를 않는다. 배려하는 마음을 책에서 배운 듯하다. 독서는 그래서 인생을 바꾸는 동기가 된다. 옛날 말에 책을 읽는 자는 군자라고 불렀는데, 모름지기 군자가 되려면, 책을 읽는 사대부나 양반이라고 부르는 자들이었다. 다산 정약용은 다섯 수레의 책을 읽었다고 하니, 상상이 간다. 얼마나 지식과 정보가 많으셨을까? 그렇기에 500권 넘는 책을 쓰고 조선 후기 실학을 집대성할 수 있었을 것이다. 정조가 옆에서 얼마나 흐뭇한 표정으로 보았을까 생각해 본다.

재원이가 꿈꾸는 독서량은 얼마인지 엄마지만 잘 모른다. 분명한 것은, 독서를 좋아하고 즐긴다는 것이다. 미래를 개척하는 심정으로 재원이는 독서를 생각하고 그린다. 그래서 질문을 자주 한다.

독서를 구분하면 유아 독서, 유치 독서, 초등 독서, 중등 독서, 일반 독서 등이 있다고 한다. 재원이는 논술 선생님을 만나서 다양한 독서 체험을 경험하게 되었다. 집에 있어도 동화처럼 떠나는 모험 이야기들을 비롯해《어린 왕자》,《행복한 왕자》,《에디슨 일대기》, 《스티븐 호킹 박사의 삶》,《흥부전》,《심청전》,《판소리 대가 신재효》에 이르기까지 다양한 독서 체험을 선생님과 했다. 이제는 어떤 독서도 수준의 차이와 상관없이 재원이는 다 소화가 가능하다. 이것은 소중한 기쁨이다. 자식이 부모를 기쁘게 하는 것은 다름이 아닌, 독서로 말할 때이다. 가장 크게 다가온 기쁨인 것이다.

청소년기를 잘 마무리하고 성장해서 재원이가 꿈꾸는 세상을 설계해보기를 권한다. 이제 아들보다는 책을 좋아하는 독서 친구라고 말해주고 싶다.

"재원아, 엄마가 너의 꿈을 위해 응원한다."

독서와 함께한 시원한 여름

　올해는 무척이나 덥다. 지난주에 가족과 함께 가족여행으로 베트남 다낭에 다녀왔다. 지긋한 장마로 인해 피해를 본 농부들과 수재민들이 우리나라에 참 많다. 비가 내리고 불볕더위가 시작한다. 7월의 햇살은 얼마나 뜨거운가? 폭염이라고 부르는 37도 이상 고온에 사람들은 힘들게 에어컨을 의지하며 보내고 있다. 재원이와 떠나는 이번 휴가는 온 가족이 해외여행으로 즐겁게 보내다 왔다. 재원이도 충전을 하고 가족들도 충전이 필요해서다.

　2023년 여름은 싱그럽게 다가온 자연보다 더 뜨겁다. 이러한 열기만큼이나 독서실에서 마주한 학생들은 땀을 흘리며 독서에 열중하는 모습이다. 재원이도 여행을 다녀온 후, 독서량이 늘었다. 1000페이지가 넘은 책을 읽는다. 그것도 두세 번 반복해서 읽는다. 자신감이 생기는 모양이다. 교과서 크기의 5배 이상을 읽는다. 흥미를 끄는 대목은 밑줄을 치고, 책 속에 나오는 이야기들을 분석하고 적용

　　　　　　　　　　　　꿈을 키우는 / 재원이의 독서일기

한다.

　어려서 여름방학이 다가오면, 시골에서 원두막에 누워서 수박도 먹고, 참외도 먹고 낮잠도 자고 그랬다. 원두막에서 들려오는 매미 소리를 들으며 잠자리 떼들을 보았다. 수박이 어찌나 맛나던지, 지금도 눈에 선하다. 독서를 하면서 방학 숙제도 하고 만들기, 그리기, 참여하기 등 학생들이 해야 할 일들을 선생님이 주셨다. 선생님도 방학에는 집안일과 논두렁, 밭두렁 관찰하기 등 분주하게 보낸다. 그때는 자급자족하는 시대라서 텃밭이나 농사를 짓는 것 자연스러웠다. 가끔 일하다 보면, 엄마들이 시골 이야기도 자주 한다. 추억을 그리는 시간이다. 아이들도 추억이 많이 있으면 얼마나 좋을까? 그려본다. 행복한 시간에 우리는 무엇을 하나?

　최근에 엄마들은 얼마나 독서를 할까를 생각해 본다. 필자인 나도 매일 독서는 힘들다. 하지만, 독서와 연관해서 살아가려고 노력한다. 일주일에 적어도 한두 권의 책은 보려고 한다. 학부모들도 독서를 잘한다. 아이들과 동화책을 읽고 대화를 나누는 학부모들이 늘었다. 독서습관을 통해 나보다는 내 자녀에게 도움이 되도록 하는 게 최고다. 자식이 부모보다 독서력이 나아지기를 바란다. 창의적인 자녀로, 논리 형, 인간으로 성장하길 바란다. 재원이에게 어쩌면 바라는지도 모른다. 아니, 바라고 있다.

　독서환경은 최근에는 가장 좋다. 동네 어디서든지 독서실이 있고, 도서관이 있다. 아파트 안에도 도서관이 있다. 작은 도서관도 보이고 독서 문구도 보인다. 이천도 이제는 독서 열풍이 불고 있다. 초등 부모들도 아이들에게 책을 읽어주고 독서 활동도 자주 하는 편이다. 재원이도 초등시절부터 본격적인 독서를 시작하고 코칭을 받았다. 독서를 알면서 재원이는 눈빛이 달라지기 시작했다. 어른들에게 공경하는 태도는 물론, 친구들에게 적극적으로 어필하는 모습도 보였다. 자신감이 상승하고 또래들 사이에서 존중을 받는 모습을 보았다. 아마도, 독서에서 오는 교훈을 재원이가 실천하고 생활에서 모든 일에 자신감을 얻었던 모양이다. 재원이는 집에서도 웃음을 보이고, 독서를 하거나 엄마와 이야기할 때도 자신의 의사를 분명하게 했다. 창의성이 길러서인지, 초등학교 고학년이 되면서 인성과 사고가 크게 바뀌어 가는 모습을 본다. 대인관계도 원만하고 무엇이든지 해 보려는 긍정 마인드로 바뀌어 갔다. 지금 생각하면, 참 많은 일이 있었지만, 그건 다 변화하는 과정에서의 결과물 들이었다.

행복한 가정은 분명, 독서에서 출발한다. 재원이를 보아도 그렇고, 독서전문가들의 강연을 들어도 그렇다. 작은 시간을 내어 어려서부터 책을 읽어가는 습관은 그 아이의 미래를 좌우하는 길이다. 희망을 갖고 미래를 열어가는 여러분들이 되기를 소망한다.

재원이의 봉사

봉사란 무엇일까?

남을 위해 희생하는 모습이 봉사이다. 주위에서 보면, 사회를 위해 나라를 위해 봉사하는 많은 사람을 본다. 나보다 남을 향한 사랑이 있어야만 봉사할 수 있다. 봉사는 어른들만 하는 게 아닌 것 같다. 학생들도 봉사를 한다. 나이에 상관없이 봉사는 누구나 할 수 있다. 우리 집에서도 봉사를 한다. 그 가운데 재원이도 봉사에 대한 관심이 크다. 남을 위하는 마음과 친구들을 배려하는 마음이 크다. 가끔 씩 엄마 따라 봉사도 하고 친구들과 봉사도 한다. 학교에서 배운 봉사 정신을 바탕으로 고아원이나 장애인을 보면 그냥 지나치지 못한다. 친구들과 협동으로 청소나 학교에서 급식 봉사를 한다. 급식 봉사를 하면서 사회성도 기르고 대인관계의 폭도 키운다. 문득, 책을 정리하다가 어릴 적 재원이의 일기처럼 써 내려간 '봉사에 대한 동시를 발견하게 되었다. 그 내용을 여기에 소개하고자 한다.

봉사
．．．．．．．

봉사를 하면 기분이 좋다
하늘이 맑은 이유도
땅의 기운이 솟는 이유도
봉사를 하고 살기 때문이다

지구촌에 봉사하는 사람들
여기저기 땀 흘리며 남을 도와준다

우리 집
초롱이도 하루 종일 봉사하고 있겠지
집도 지키고 주인을 위해 충성하고
참
대견한 강아지이다

봉사는 언제나 합창 소리다
서로 힘을 합쳐서
기분 좋은 일을 만들어 내니까

오늘은 어떤 일을 할까
봉사하고 싶은 기분이다

재원이가 쓴 동시를 보며, 엄마는 자식 사랑에 빠진다. 누구나 자식이 소중하지만, 필자도 그런가 보다. 쑥쑥 커가는 아들의 모습이 대견하다. 성격도 욕심을 내지 않고 남을 배려하려는 아들이기에 더더욱 고맙고 사랑스럽다.

　"봉사는 엄청난 합창 소리이다."라는 시어에 재원이가 세상을 그리는 모습이 보인다. 순수한 동심으로 세상을 보고자 하는 재원이의 마음이 기특하다. 엄마가 생각하지 못하는 그 이상으로 자녀는 하고 있는 것이다. 어렸을 때 감성은 커서도 그대로 유지된다는 말이 있다. 재원이가 써 내려가는 글들이 세상을 바꾸는 작은 힘이 되었으면 한다. 누구보다도 큰 기둥으로 자라나길 기대한다. 사랑과 정의를 실천하며 자연을 보는 그대로 표현하는 아들이 대견스럽다. 부모보다는 자식이 글을 통해 재능을 보일 때, 감사하다. 할아버지도 할머니도 재원이를 사랑하는 마음으로 대해주시고 격려해주신다. 아빠도 항상 말은 없지만 재원이의 든든한 버팀목이다. 우리 가족은 그래서 좋다. 하루하루가 변화해가는 순수함이 깃들어 좋다. 지금처럼 봉사하는 마음으로 2023년 한 해를 보내고 열심히 공부하는 아들이 되길 응원한다. 재원아! 사랑하고 파이팅 하자.

강가에서 바라보는 소년

　자연은 사람들을 끌어모은다. 풍경으로 초대하고 넉넉한 인심으로 초대한다. 배고프다고 투정하면 자연은 어머니처럼 다가와 안아준다. 힘들다고 눈물지으면 자연은 포근한 바람으로 위로해준다. 우리나라는 삼면이 바다로 둘러싸여 있다. 풍부한 자연자원과 해양자원을 뽐낸다. 그만큼 자연 속에 우리가 살아가는 모습은 대단하다.

　재원이도 그랬다. 눈을 뜨면 밖에 나가 자연을 보고 논다. 텃밭에 나가 할머니가 일구시는 농작물들을 보고 놀았다. 할아버지와 밭에 작물을 심는 모습은 아련한 추억이 되었다. 정원에 소나무와 꽃들이 모여서 노래한다. 담장 가에 개나리가 활짝 웃는다. 대문 위에 포도나무가 주렁주렁 열매를 맺는다. 가을이 되면 노랗게 익어가는 농산물을 본다. 농부들의 생각도 추수에 맞게 생산성을 끌어올린다. 요즘 봄이라서 그런지 길거리에 벚꽃이 피어 한창이다. 어디를 가나 화려한 봄을 본다. 꽃들이라 그런지 기분도 좋고 우울감도 사라지고 마냥, 소녀가 되어간다. 얼마 전 아버지께서 하늘나라에 가셔서 기분도 우울한데, 요즘 계절에 봄꽃들을 보며 힘을 내본다. 집에 오면 재원이하고 독서에 관한 이야기도 하고 학교 수업과 학교생활을 이야기한다. 지금은 중학교에 입학했을 때보다 많이 의젓해졌다. 그만큼 성숙도에 길에 독서는 중요한 청소년기의 길이다.

이포 강가에 가면 그 옛날 나루터가 있었다. 뱃사공이 노를 저어 여주와 양평 사이를 잇는 길잡이 역할을 했다. 지금은 다리가 놓여 추억은 없지만, 어릴 적만 해도 향수를 느낄 수 있었다. 재원이는 강가를 좋아해서 가끔은 가족들과 강가에 가서 휴식을 취한다. 시원한 자전거도로에서 재원이와 자전거를 타고 한 바퀴 강가를 돌면, 이포강 주변의 풍경을 바라볼 수 있다. 가을에는 코스모스 길이 이어져 아름답다. 사색을 좋아하는 재원이는 가끔 탐구도 한다. 신기한 동식물에 관심이 많고 스릴 공포물에도 관심이 많다. 사물을 호기심으로 바라보는 아들의 모습도 아름답다. 누가 시켜서 어떤 일을 하는 게 아니라, 자발적으로 하고자 하는 아들의 모습에 박수를 보낸다. 엄마의 바람은 재원이가 건강하게 성장하고 긍정적인 모습으로 친구들을 만나서 웃고 즐기는 아들이 되기를 바란다. 지금처럼 질문도 잘하는 아들, 큰 밑거름으로 현재를 즐길 줄 아는 아들이 되길 바란다. 행복은 바로 그 자리에서 시작한다고 본다.

독서로 힐링하는 미용실

　누구나 직업은 있다. 무엇을 하든 인간은 일을 하며 살아야 한다. 나도 미용 자격증을 따서 혼자서 미용 일을 한 지가 여러 해가 되었다. 처음 입문했을 때는 경험이 없어 서투른 부분도 있었지만, 세월이 흐르고 노하우가 더해지면서 이제는 프로 이상으로 전문 미용인이 되었다. 최근에 유행하는 머리 모양은 물론, 앞으로 유행할 예상 스타일까지 완벽하게 준비하는 미용실 원장이 된 것이다.

　독서도 마찬가지이다. 처음에는 어설프게 시작하는 책 읽기가 읽다 보면 무게를 더해서 내용이 보이고 정리를 하게 되어 완벽한 하모니의 독서인이 되어가는 것이다. 재원이가 어려서부터 엄마 따라 미용실에 다녔다. 이곳에서 재원이랑 독서를 시작했다. 처음에는 가볍게 읽어주다가 내용을 소개하기도 하고 스토리를 전달하기도 한다. 책을 읽을 때 감성을 넣어 부드럽게 읽어주다가 아이가 질문을 하면, 내용을 짚어가며 보여주고 소개하기도 한다. 흥미를 끄는 방법을 찾다가 조용하게 음악을 틀어주면서 동화책에 나오는 대화를 시도해보기도 했다. 4살부터 아이가 책을 가져와 가끔 읽어달라고 하면, 엄마는 곧잘 읽어주고 놀이처럼 놀아 준다.

미용실은 처음부터 독서공간은 아니었다. 북적이는 손님을 맞아 그들을 케어하기도 바쁘다. 하지만, 어느 순간 자식이 생기고 아이에게 정서적인 안정을 주기 위해서는 독서가 가장 좋다고 생각했다. 미용실 손님들하고 같이 독서 이야기도 하고 자녀교육에 대한 이야기도 나눈다. 초등학교에 입학하고서 미용실에 오는 손님들과 독서전문가 선생님 이야기를 나누다가 지금의 독서 길잡이 전문가 선생님을 만났다. 재원이가 초등학교 2학년부터 독서 지도를 받고 지금까지 성장하는 데 있어서 꿈나라 독서 선생님이 계셔서 얼마나 고마운지 모른다. 아이의 부족함도 잘 잡아주시고, 성장하는데 상담과 지도를 해주시는 선생님은 실력도 으뜸이시다. 적극적으로 추천하고 싶은 독서 선생님이시다. 가끔 신간이나 읽기 좋은 책이 있으면 미용실에 기증하시기도 한다. 미용실은 힐링 공간이다. 또 다른 영역에서 쉼터이다. 손님들과 대화도 자연스럽게 아이의 독서로 시작한다. 요즘 엄마들의 고민이 바로 아이의 독서다. 독서습관을 잡아주기 위해서는 부모가 바뀌어야 한다. 워킹 맘으로 아이를 키우며 살아가다 보니 이제는 알 듯하다. 행복한 공간은 집에만 있는 게 아니라, 직장에서도 가능하다는 것을. 누구나 일을 한다. 바쁜 일상 속에서도 희망을 갖고 자녀를 교육하고자 한다면, 그건 바로 독서 지도이다. 습관을 채우는 독서로 하루를 시작하고 하루를 마감하는 자세가 필요하다. 매일의 생활을 기대함으로 살아가는 지혜는 바로 독서의 힘에서 나온다. 분명한 것은 아이가 달려져 간다, 라는 이야기이다. 독서를 하면 할수록, 쓰고 다듬기도 가능하다. 신기하게도 인간의 존엄성을 독서에서 발견하게 된다는 것이다.

독서는 기본

▽
▼
▽

힘이 되는 말은 언제나 그립다.
용기가 되는 행동은 언제나 하고 싶다.

봄이 지나고 여름이 오면서 최근에는 장마가 기승을 부리고 있다. 뉴스에 보면, 전국에 비를 뿌려서 농가에 피해를 주고 있다. 수해로 피해를 보고, 인명 피해나 산사태로 인한 토사가 밀려와 민가를 덮치고, 가축 등이 피해를 본다. 비가 오고 천재지변의 피해를 보면서 우리는 준비하지 않으면, 누구나 피해를 볼 수 있겠구나! 하는 생각을 한다. 미리 준비하는 자세가 필요하다. 천재지변은 예상치 못한 상황에서 당하지만, 그래도 준비하는 만큼은 피할 수 있다.

비가 3주 동안 계속 내리면서 사람들은 우울감에 빠져있다. 하지만 그럴 때일수록 자기만의 개성과 취미로 움직이는 생활을 하면 기분도 좋아지고 살아가는 맛이 생긴다. 내가 그런 듯하다. 힘들 때일

수록, 자식을 생각하고 용기를 낸다. 재원이를 보고 웃다가 하루를 보내고, 부모님을 보고 감사하다가 하루를 보낸다. 물론, 남편을 보고도 웃고 산다. 행복이라는 것은 내가 무엇을 추구하느냐의 것이다. 지금 재원이가 하고 있는 '독서'가 그렇다. 독서의 기본 원칙은 바로 창의성이다. 세상을 알아가는 지침서이기에 독서를 통해서 겸손함을 배운다. 미래를 이끄는 세계의 지도자들은 독서를 하지 않는 이가 없었다. 독서를 하고 그것을 바탕으로 성장이라는 나무를 만든다.

재원이도 성장하고 있다. 어려서부터 읽어왔던 독서의 기초가 사춘기 중학생이 되어서 빛을 발하고 있다. 자기 생각을 정리해서 말하는 기술은 재원이만의 독서력에서 나온다. 누가 가르치지 않아도 독서를 하면 알게 되는 자기 능력의 독서다. 엄마는 그런 아들에게 묵묵하게 서포트해주고 격려해주면 된다. 부모가 거창하게 자녀교육을 시키는 것이 아니다. 그냥, 옆에서 지원군이 되어 기다려주면 되는 것이다. 문제는 그 자녀가 책을 읽기 좋은 분위기와 환경은 부모의 몫이다. 때론, 부모는 독서에 할애할 일정의 투자가 필요하고, 다양한 독서력을 위해 준비해 주어야 한다.

재원이가 처음 독서 기초를 시작할 때는 그랬다. 출판사 전집을 사서 재원이에게 주었다. 명작, 전래, 창작, 위인, 수학, 과학, 음악, 미술, 문학, 역사에 이르기까지 다양하게 투자했다. 특히, 교과서에 나오는 사람,

다글리, 세계문화 등등 재원이가 흥미를 유발하도록 적극적으로 아빠와 상의하여 독서 책을 집에 준비해서 읽었다. 그래서일까? 재원이는 부모의 바람대로 다양한 독서를 하게 되었다. 창작을 읽으면, 동화를 따라서 흉내 내보고, 전래를 읽으면 흥얼거리는 전통 소리를 내며 웃고, 역사책을 읽으면, 주먹을 불끈 쥐고 일본의 잔악상을 부르짖고 있는 재원이를 보았다. 독서환경은 대단히 중요하다. 미용실을 운영하면서도 틈틈이 책을 본다. 재원이를 낳고부터 책을 보게 되었다. 독서가 중요함을 알았다. 그러기 위해 부모가 독서에 대한 본이 되어야 한다고 생각했다.

재원이는 역사를 좋아한다. 독서 선생님과 역사 이야기도 배우고 있다. 아이가 어릴 때부터 전문적인 독서는 필요하다. 글을 잘 쓰는 요령 배우기, 원고지 첨삭하는 요령 배우기, 논술의 기본기 배우기, 동시 배우기, 시 창작 배우기, 수필 기본 쓰기, 독서 토론에 이르기까지 독서 논술전문가이신 선생님께 독서 코칭 받으면서 독서의 필요성을 절감했다. 그래서 재원이가 성장했다고 본다. 여름방학 특강, 겨울방학 특강도 쉬지 않고 했다.

글짓기 특강을 하면서 재원이가 글을 쓰기 시작했다. 처음보다 실력이 늘면서 재원이가 자신감을 회복했다. 독서의 기초는 그래서 중요하다.

혼자서 하는 독서도 좋지만, 너무나 편협하게 치우치지 않는 독서가 최고이다. 가끔은 독서 선생님과 자연체험도 하면서 글을 쓴다.

역사박물관 체험과 농촌체험 등 주위에 있는 환경을 이용한 독서를 시작한다. 재원이가 생각하는 꿈의 동산을 독서를 통해 준비하고 있다. 행복한 성장일기를 지금, 재원이가 쓰고 있다.

우리 집은 대문의 문패에 아이의 이름까지 들어가 있다. 그것은 누구나 중요한 가정의 구성원으로서 존중한다는 의미이다. 자녀에게도 주인 의식과 책임감을 갖게 해준다. 그러니 독서를 통해 발전하지 않겠는가? 분명 내 자녀를 독서의 기초로 존중해 주면 달라진다. 부모가 자녀를 위한 투자를 게을리하지 않기를 바란다. 집안 환경을 독서로 바꾸기를 바란다. 자녀가 원하는 독서가 무엇인지 고민하고 실행하길 바란다. 독서는 누구나 시작하면 결과를 보여주는 샘물이 된다.

독서에는 욕심이 없다

▽
▼
▽

　독서를 하면서 겸손이라는 단어를 배운다. 남을 나보다 낮게 여기는 마음을 우리는 겸손이라 한다. 겸손한 사람은 남을 탓하거나, 무시하는 행동을 하지 않는다. 자기를 비워서 그릇의 용도에 맞게 변화된 모습을 보인다. 책을 읽으면 읽을수록, 책 속에 나오는 겸손의 미덕을 실천하고자 한다. 내 아들 재원이랑 함께하는 독서는 아이가 겸손을 배우길 바라는 엄마의 바람이다. 물론, 집에서 할아버지께서 훌륭하셔서 잘 가르쳐 주신다. 한학을 좋아하시고, 독서를 즐기시는 할아버지가 계셔서 우리 집은 든든하다. 벼는 오래될수록 고개를 숙인다는 말이 있다. 그래서, 가을이 오면 추수하는 농부가 웃는 것이다. 벼가 풍년이 들듯 우리는 독서가 풍년이 되어야 한다. 독서에는 욕심이 없다. 책에서 보여주는 대로 믿고, 순종하는 자세로 세상을 살아가면 된다.

옛말에 염일방일(拈一 放 一)이라는 말이 있다. 하나를 쥐고 또 하나를 쥐려 한다면 그 두 개를 모두 잃게 된다는 말이다. 욕심을 부리면 자연도 용서하지 않는다. 일천 년 전에 중국 송나라 시절 사마광이라는 사람의 어릴 적 이야기다. 한 아이가 커다란 장독대에 빠져 허우적거리고 있었는데, 어른들이 사다리 가져와라, 밧줄 가져와라, 요란법석을 떠는 동안, 물독에 빠진 아이는 꼬르륵, 숨이 넘어갈 지경이었다. 그때 작은 꼬마 사마광이 옆에 있던 돌멩이를 주워들고, 그 커다란 장독을 깨트려 버렸다. 치밀한 어른들의 잔머리로 단지 값, 물값 책임소재 따지며 시간 낭비하다가, 정작 사람의 생명을 잃게 하는 경우가 있다.

더 귀한 것을 얻으려면 덜 귀한 것은 버려야 한다. 독서에서 주는 교훈이 그렇다. 내가 살아감에 있어 정작 돌로 깨어 부숴야 할 것은 무엇인가?

독서를 하면서 자신을 돌아보는 이유는 올바른 인성을 준비하기 위해서이다. 재원이도 그렇고, 나도 그렇다. 잘못된 부분은 고치고 바르게 살아가는 인간이 되어야 한다. 아이들도 독서를 하면서 창의력과 사고력은 물론, 사람이 되어간다. 재원이도 지금 생각하면, 독서를 통해 올바른 가치관을 심어준 것 같다. 미래를 알아가고 바른 생활을 알아, 정도를 걷게 해 주는 나침판이다. 그래서 우리는 독서를 해야 하고 가정에서 자녀들에게 책을 보라고 하는 것이다. 성공한 사람은 누구나 독서를 게을리하지 않았다. 우리가 생활하는 모든 지혜는 독서에서 나온다. 오늘도 출발해보자. 독서와 삶은 그래서, 중요한 것이다.

가을은 독서의 계절

▽
▼
▽

　최근 기후변화가 심해서 지구촌 곳곳에 이상기온 현상이 있다.

　그 영향으로 우리나라에도 기온이 높아 폭염이 지속되고 그 이유로 시골에서 농부들이 목숨을 잃어가고 있다. 올해 7, 8월은 너무나 뜨거운 여름이었다. 에어컨을 틀어도 열기가 가시지 않고 푹푹 찌는 날씨 가운데 보냈다. 그 여름이 가고 있다. 이제 가을의 문턱인 처서가 지나고 찬 바람도 가끔 불어오고 아침저녁으로 선선한 기운이 감돈다.

　가을은 독서의 계절이다. 워킹 맘으로 살아가다 보니, 어느 때부터인가 가을을 잘 느끼지 못하고 지나가는 경우도 있다. 감성도 충만하고 사색도 좋아하고 표현하기도 잘하는 편인데, 바쁘게 살아기는 현대사회의 구조에서는 어쩔 수 없나 보다. 가을은 그래서 어머니처럼 포근하다. 아버지도 보고 싶고, 어머니의 사랑도 그립다. 다행히 내 아들 재원이가 있어서 든든하게 친구처럼, 위로도 받고 기쁨도

얻는다. 물론, 남편이 있어서 든든하다. 시부모님도 너무나 좋으시고, 어쩌면 가을 타령에 앞서서 난, 복 있는 사람이다, 생각해 본다.

처서가 지나자 가을바람이 선선하게 불어온다. 코스모스가 이제는 여기저기서 고개를 내민다. 가을 들꽃들도 저마다 오색을 자랑하고, 지나가는 이들에게 풍경을 선사한다. 온전한 사랑으로 바라보고 있는 것이다. 세종대왕이 피부병 치료차 온천을 다니실 때, 그 지역을 보시고 감탄하고 풍경을 아우른 것처럼, 조선이나 현대사회나 마찬가지이다. 자연은 지금도 변함이 없고 그대로인데, 인간은 너무나 많은 변화를 가져왔다. 그래서 인간이 살아가는 환경이 파괴되고 자연이 피해를 입는 것이다. 소중한 미래를 준비하기보다는 미래를 기대하지 못하는 환경오염이 지구촌 곳곳에서 계속되고 있다.

가을에 독서 책을 끼고 도서관을 간다. 재원이도 학교 도서관에서 가끔 책을 빌려오거나, 서점에서 책을 산다. 우리가 읽고 싶어 하는 모든 자료가 도서관에 있다. 도서관에서 책을 읽다가 집으로 가는 경우도 있다. 워킹 맘도 바쁘지만, 시간의 활용도 크게 사용한다. 운동도 하고 가사도 하고 매일 아이들 육아도 한다. 재원이도 미용실에서 자주 책을 보고 엄마와 동화책도 나누는 시간이 있었다. 그때는 어찌나 귀엽고 사랑스러운지 모른다. 유치원 때부터 초등학교 시기까지 엄마가 일하는 곳에 와서 가끔 함께하는 시간을 지금, 회상해 본다. 벌써 중학교 2학년으로 키도 크고, 마음도 크고, 미래를 예측하는 힘도 크다. 중학생이 되면서 부쩍 어른스럽고 대견하다. 사물을 구분하고 분석하는 지식도 뛰어나고 문학이나 고전도 이제는 토론 수준에 이르게 되었다. 얼마나 크고 값진 이야기인가?

자식을 통해 기쁨을 얻는다는 것은, 부모의 존재를 다시금 알게 하는 큰 힘이다. 자산을 독서로 만들어서 평생 주어진 특권을 누리는 것은 현명한 사람이다. 그 특권은 독서가 주는 지식이다. 그것을 잘 활용해서 아이들은 꿈을 이루고 대학을 가고 사회에서 기여 하는 일을 한다. 율곡 이이나 퇴계 이황 선생님들도 독서를 근본으로 믿는다. 두 분의 성리학자들은 온전한 학문의 쓰임새를 강조한다. 영남학파, 기호학파, 조선의 양대 학문의 축인 퇴계 이황과 율곡 이이는 조선을 이끄는 학문의 수장이며, 성리학을 집대성한 학자이다. 두 분의 제자가 조선의 정사를 이끌었으니, 얼마나 귀하신 분들인가 생각해 본다.

독서는 그만큼 값진 보물이다. 집에서 재원이하고 대화를 자주 나눈다. 소소한 주제부터 심도 있는 주제까지 다양하게 나눈다. 요즘 엄마를 이해하는 재원이가 되고 있다. 사춘기지만, 전혀 티 내지 않고 집에서 보낸다. 혼자서 스터디도 잘하고, 독서도 계획을 세워서 잘 한다.

독서의 계절, 가을답게 재원이도 가을색에 독서를 하고 있는지도 모른다. 독서는 유일하게 찾는 자에게 용기를 주고, 희망을 주며 미래를 알아가는 지혜를 준다. 독서가 세상을 바꾼다. 작은 독서라도 시작해 보고, 실천해보는 독서를 준비해야겠다. 이산으로 이름난, 조선의 대왕 정조는 독서법에서 정독을 말하는데, "일득록"이라고 반드시 읽으면 쓰고 다듬는 시간을 준비하라는 것이다. 독서일지, 독서록, 독후감, 독서감상문 등등 다양한 모습의 독서 후기들이다. 정조의 독서는 독서가 얼마나 기본이 되어야 함을 강조한다. 정독 독서다. 재원이도 최근에 정독 독서를 한다. 한 권의 책을 여러 번 반복해서 읽는다.

이제 무더운 여름은 가고 가을이 온다. 가을을 준비하는 것은 마음으로 준비다. 가을 낙엽도 그립다. 도토리, 상수리, 밤, 오곡과 농부들의 추수에 대한 기대를 품는 가을이다.

제
4
부
⋮

활동을 좋아하는 아이

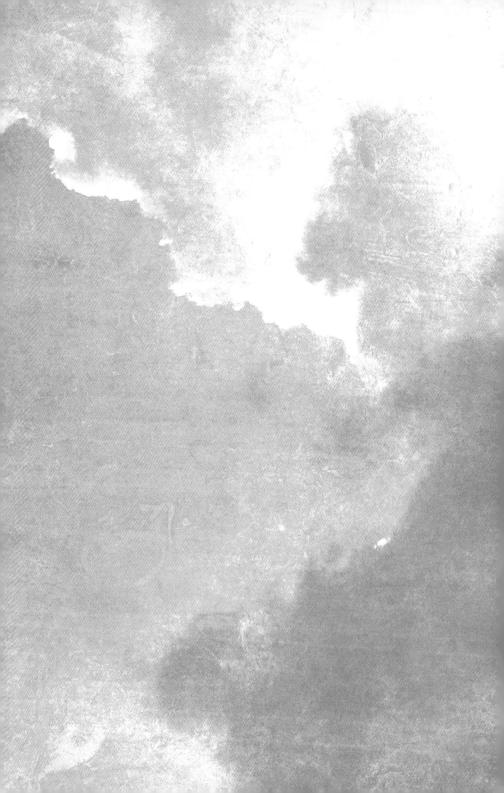

꿈은 그렇게 찾아오나 봐요

　신기한 하루가 지나간다. 하루가 어느새 시간의 눈금만큼 일어나 움직이면 지나간다. 바람이 불어도 어느새 도돌이표처럼 우리가 살아가는 인생 여정에 머무른다. 엄마라는 위치가 때론, 힘들고 고단하고 자녀를 양육한다는 게 쉽지 않다. 그러나 어쩌겠는가, 자식은 하늘이 나에게 준 보물인 것을. 불현듯 지치다가도 그럭저럭 생각하며 다시 마음을 다잡는 것이다. 행복을 만들어가기가 노력하지 않고는 쉽지 않다는 사실을 알았다. 아빠는 아빠대로 힘들고, 할머니는 할머니대로 힘들다.

　우리 집 보물은 단연 재원이다. 하늘이 준 선물이다. 우리 집에 보물은 태어나면서부터 엄마가 아끼는 아들이다. 꾸밈이 없고 사랑을 전달하고자 하는 이치도 알았다. 성장하는 아들을 보며 박수를 치고 기뻐하며 살아간다. 아들은 그렇게 커가며 우리 집 기둥으로 자리한다. 성장하며 사춘기를 겪는다.

재원이도 다른 아이들과 마찬가지로 사춘기 심리적 변화가 심했다. 상담도 하고 나름 신경 쓰고 있지만, 여전하게 서운한 부분이 있는 것도 사실이다. 사춘기 부모의 마음이 다 그러겠지, 생각한다. 재원이가 중학교에 들어가면서 키도 크고 부쩍 집중력이 좋아졌다. 글을 이해하는 척도와 책을 보는 관점들이 좋아졌다. 상상력을 배가시키고, 미래를 설계하는 능력도 생긴다. 평소 아끼던 강아지와의 이별도 어느덧 마음을 정리하고, 학생으로서 본분을 다하고자 하는 마음이 크다. 반항하고 짜증 내고 혼자서 있기를 좋아하지만, 사춘기 중학교 2학년을 생각하면 당연한 순리다.

꿈은 무엇인가? 꿈을 키우는 아이로 성장하고자 엄마와 재원이는 비 오듯 땅에 생명이 움트는 기본을 준비하는지 모른다. 재원이의 꿈은 우주를 탐험하고 관찰하는 물리학박사이다. 미래를 이끄는 창조적 인재가 되고 싶은 것이다. 생각을 이끌고 과학을 선도하는 과학자가 꿈이다. 가끔 게임도 좋아하고 즐긴다. 휴대폰에서 하루를 보내기도 한다. 그렇지만, 공부할 때는 적극적으로 매달린다. 요즘은 문학수업 독서를 하고 있는데, 신생님과의 호흡이 잘 맞는다. 꿈을 키우는 아이, 부모를 기쁘게 해주는 아이, 나보다 남을 사랑하고 도울 줄 아는 아이가 바로, 재원이다. 미래는 꿈꾸는 자의 것이다. 꿈을 꾸지 않고는 미래를 준비할 수가 없다. 재원이랑 미래를 준비하고

있다. 웃는 만큼 보이는 세상, 21세기를 꿈꾸는 대한민국의 자랑,
재원이가 되길 소망해 본다.

"재원아, 엄마가 많이 사랑하고 존중해."

우주 로켓을 좋아하는 아이

▽
▼
▽

    최근 지구촌 시대에는 우주에 대한 관심도가 높다. 여기저기 인공 위성으로 최첨단 시대를 보내고 있고, 인터넷이 발달하고 통신이 발전하게 되어 누구나 집에서도 세계에서 일어나는 일들을 한눈에 알 수 있다. 지금 살고 있는 이천에도 정보 통신이 발달하여 문화와 대중들의 사랑을 받는 공간들이 생겨나고 있다. 반도체 중심의 SK하이닉스를 비롯하여, 전자기기 회사 등 다양한 정보 통신의 길에 지금 서 있다. 학교에서도 인터넷 활용은 물론 화상이나 시청각 자료들을 통해 미래를 꿈꾸고 배움의 길을 보내고 있다. 다변화 사회에서 우리 아이들은 어떨까?

    내 아들 재원이는 우주를 좋아한다. 천체를 관찰하고 달 탐사를 좋아하고 우주 공간에 떠 있는 물리학의 길을 좋아한다. 평소 독서를 할 때도 물리학자인 스티븐 호킹을 롤모델로 삼고 있다. 어려서부터 재원이는 꿈을 키운다. 독서를 할 때도 천문학이나 물리학에 관한 책을 자주 보곤 한다. 초등시절에는 별자리를 관찰하기 위해 천체 망원경을 들고 산에 올라가 탐구를 한 적도 있다. 친구들과 달리, 재원이는 호기심이 많고, 로켓을 생각하며 우주선을 타고 미래를 설계하는 모습을 연상하기도 한다. 우주를 연구하는 박사나 우주 로켓을 연구하는 물리학자가 되고 싶어 한다. 배우고 또 배워서 세계 인물들을 알고 역사나 인물을 통해 자신을 들여다보고 있다. 또래들과 함께 실험이나 조작하는 것을 좋아하고 체험을 통해 결과들을 도출하고 싶어 한다. 엄마인 내가 보아도 아들은 항상 눈을 크게 뜨고 자연의 이치를 알아가고 있다. 정원에 심어놓은 나무들의 모습을 보고 나무사랑을 알고 화단에 엄마와 아빠와 같이 심었던 화초들의 모습을 보았다.

우주 시대를 앞두고 재원이의 꿈도 독서를 통해 알찬 하루를 보내고 있다. 20세기 후반, 대중들 사이에서 천문학의 붐을 일으키며, 30권의 책을 쓴 천문학자이며 과학 저술가인, 칼 세이건의 《코스모스》를 읽으며, 재원이는 우주를 생각하고 있다. 칼 세이건은 외계 생명체 탐사에 매우 큰 관심을 기울인 모습에 행성 과학과 우주 생물학의 이론적 바탕을 마련했다는 점에서 재원이가 읽어 본 《코스모스》는 큰 효과를 주었다. 이 책을 다독한 재원이가 자랑스럽다. 우주와 로켓을 좋아하는 재원이가 지금부터 준비하면 우주를 연구하는 물리학자가 되리라 믿어 본다.

배움의 독서를 향하여

　최근 독서를 배우는 중이다. 평생교육을 위해서 이천시에서 운영하는 교육프로그램에 참여하고 있다. 자녀교육에 대한 교육청 주관 프로그램과 시청에서 운영하는 평생교육 프로그램 강좌에 참여한다. 미용실을 운영하다 보니 찾아오는 손님과 가끔, 교육에 대해 상담을 받기도 하고 독서에 대해 묻기도 한다. 아이를 키우면서 부모가 달라져야 한다는 인식에 공감하면서 부모도 배우는 부모가 되자고 다짐한다. 피곤하지만 집에서 글 한 줄이라도 써보고, 자주는 못해도 일주일에 책 한 권 정도는 읽어보려고 노력한다. 평생 교육장에 가면 그곳에서 강의하는 강사들을 보면, 어찌나 말을 잘하는지, 다 공감되고 배우는 말들이다. 문제는 듣고 실천하는 데에 있다. 강사의 말이 아니라, 내 것으로 만들어가는 말이다.

　아들과 독서 하면서 도움이 되었던 책 중에 오세주 작가가 쓴《독서는 인생이다》라는 독서지침서가 있다. 그 책은 누구나 올바른 독서법에 대해 한눈에 배울 수 있다. 거기에 보면, 독서는 무엇인지부터 독서 하는 방법, 독서의 효과, 독서의 사례 등 다양한 부분의 독서를 보여주고 있다. 누구나 쉽게 독서를 배우는 길잡이다. 강력하게 추천한다. 작가가 40년 독서와 글쓰기를 하면서 경험과 실제를 소개해두었다.

마음은 독서를 기대하는 과정에서 성장한다. 하루 24시간을 즐겁게 보내는 방법은 바로, 독서이다. 독서를 통해 조금씩 사람의 도리를 배워가는 중이다. 온전한 부분은 온전한 배움에서 온다는 말이 있다. 누군가는 책을 보고 누군가는 말을 듣고 누군가는 행동을 한다. 모든 이유는 다 알아가는 과정에서 생긴다. 비가 오면 비 오는 이유가 있다. 농부들에게는 해갈의 기쁨을 주고 그 기쁨을 공유하는 과정에 독서가 길잡이를 한다.

미용실을 하면서 어머니들하고 대화를 자주 한다. 보통 미용실에서 수다를 떤다고 이야기하지만, 나는 수다보다는 서로 자녀들의 학업이나 독서와 실천에 관해서 대화를 나눈다. 미용실에 갖다 둔 책에 관해 물어보기도 하고 엄마들이 추천해주는 책을 찾아보기도 한다. 손님들하고 이어진 시간도 어떻게 활용하느냐에 따라서 다르다는 걸 느꼈다. 그러나 한 번도 공감하지 않는다면 그것이 가장 큰 문제이다. 그래서 미용실은 오픈 독서공간이라 불린다. 정보를 공유하고 알아가는 시간이다. 행복을 발견하고 그것을 실천하는 작은 공간이다. 언제나 밝은 표정으로 출근하여 손님을 기다리는 이유이기도 하다. 요즘에는 예약 손님을 받아서 조금 수월하다. 독서는 어느 공간이나 말하는 자유를 준다. 독서를 통해 행복을 실천해보자.

다시 미국으로 아이와 함께

▽
▼
▽

　지난해 재원이와 함께 가족여행으로 미국에 다녀왔다. 별이 50개인 나라, 우리나라보다 스케일이 큰 나라, 땅도 넓고 자유를 무엇보다도 사랑하는 나라, 흑인 인권을 위해 앞장서 온 미국 16대 대통령 에이브러햄 링컨의 나라다. 가족들과 큰맘 먹고 긴 비행기 안에서 시간을 보내고 드디어 도착했다. 여행을 좋아하는 재원이는 피곤함도 잊은 채 미국을 기대하고 기다렸다는 듯, 여행을 즐겁게 보냈다.

　미국에서 처음 가본 라스베이거스는 미국 서남부, 네바다주의 관광 도시이다. 또한, 세계적인 도박 도시이기도 하다. 도박장, 호텔, 나이트클럽 등이 있는 곳이다. 라스베이거스 벨라지오 호텔 분수 쇼를 보았다. 이곳은 15분 간격으로 분수 쇼가 공연하는 곳으로 유명하다. 화려한 조명과 도박에 걸맞는 도시 이미지가 복합되어 관광객들에게 최고의 선물을 선사한다. 피곤한 여정에도 재원이가 좋아했다. 미국에 처음 와서 그런지 들뜬 기분이다. 화려한 LG 전구 쇼며 짐 라인 쇼, 라스베이거스 거리 공연의 화려한 볼거리가 많았다. 외국인들의 축제 문화에 첨엔 좀 위축되고 겁도 살짝 난 것 같은데 점점 적응하며 은근히 즐거워했다. 여행은 이런 맛에 오는구나, 생각하며 즐겁게 관광을 했다. 라스베이거스에서 하루를 자고 그랜드캐니언으로 가는 길에 예쁜 섬이 있다길래 들렀는데, 자연에 익숙한 재원이는 이 예쁜 섬을 너무도 좋아한다.

그랜드캐니언은 대협곡으로 미국 애리조나주에 있는 고원지대를 흐르는 콜로라도강에 의해서 깎인 거대한 계곡이다. 콜로라도강의 계곡으로 들어가는 입구는 동쪽에 있는 글랜캐니언댐 밑에 있는 리스페리가 된다. 여기서 계곡으로 들어가는 콜로라도강은 서쪽으로 446km의 장거리를 흘러서 계곡의 출구가 되는 미드호로 들어가는데, 이 구간의 양편 계곡을 그랜드캐니언이라고 부른다. 대부분 지역이 그랜드캐니언 국립공원으로 지정되어 있으나, 인디언 부족의 땅에 속한 부분도 상당히 있다. 강을 따라 고무보트 배를 타고 캐니언을 통과하는 관광을 할 경우, 2주일 이상의 시간이 소요되는 것을 보면, 캐니언의 규모를 짐작할 수 있다. 콜로라도강에 의해서 깎인 계곡의 깊이는 1600m에 이르고 계곡의 폭은 가장 넓은 곳이 30km에 이른다.

그랜드캐니언은 1979년에 유네스코 세계유산으로 지정되었다. 2010년에 방문한 관광객 수가 439만 명으로 미국 서부 국립공원 방문 수의 최고를 기록했으니, 13년이 지난 지금은 적어도 1000만 명은 넘었을 듯하다. 이곳을 방문한 것은 재원이에게 최고의 선물이다. 평생 잊지 못하는 소중한 추억이 되었다. 웅장한 폭포수와 엄청

난 물이 흐르는 소리를 현장에서 듣는다는 것은 아마도, 최고의 가치가 있었다. 가족들 모두가 감동과 감탄을 자아내는 그 순간은 지금도 생생하다. 미국 여행길에 사막 한가운데 뜨거운 태양 아래 가만히 서 있기만 해도 땀이 줄줄 났다. 경사도 걷는 길도 있고 좀 힘들어 보였다. 이곳은 좀 힘들어한다.

미국 여행을 계획한 것에는 특별한 이유가 있다. 재원이 낳기 전 신랑이랑 파견 근무 차 1년을 살면서 여행 다니던 곳을 다시 가보자고 의견이 일치해서 아이를 낳고 데리고 다시 가게 되었으니 새롭다. 내 아이한테도 좋은 곳을 보여주고 싶었다. 미국에는 폭포가 참 많았다. 포틀랜드 게잡이를 끝내고 사우스폴에서 새 소리가 나는 기념품을 사고, 더운 여름 폭포를 시원하게 맞으며 더위를 식히고 다음 장소로 이동했다. 그래서 우리 부부가 1년 동안 살았던 파크 사이드에서 인증샷을 찍고 한국인 마트에서 장을 봤던 썬라이즈에서 인증샷을 찍어보고, 포틀랜드 게잡이의 추억도 새겨보면서 가슴에 담고 왔다.

마지막 코스로 시애틀 스페이스 니들 근처에 있는 수륙양용차를 타고 시애틀 투어를 했다. 커피 명문가인 스타벅스 1호점에도 가보고 퍼블릭 마켓 구경도 하고 구글이라는 세계적인 큰 회사도 가서 보았다. 재원이 기억엔 어디까지 남아 있을진 모르겠지만, 같이 갔었다는 데에 큰 의미를 두고 있다. 미국 서부여행 라스베이거스부터 시애틀까지 자가 운전해서 긴 여행을 끝내고 비행기로 한국으로 돌아왔다.

꿈을 키우는/ 재원이의 독서일기

명작을 통해 세상을 알아가는 아이

　행복한 왕자는 얼마나 행복할까? 아낌없이 주는 나무처럼 자신의 모든 것을 주는 데 있어 전혀 망설임이 없다. 집 앞에 자라는 소나무들을 본다. 아무도 관심을 주지 않지만, 묵묵하게 해를 바라보며 사계절을 반겨주는 굳은 의지를 본다. 그 자리에서 얼마나 힘들었을까? 여름이면 무더위와 싸우고, 겨울이면 세찬 추위와 싸우는 소나무의 자생력은 어디서 온 것일까? 세계명작들을 읽어보면서 아이들의 호기심과 아이들의 마음을 이해하게 되었다.

　재원이도 어려서부터 명작을 읽었다. 명작은 인간의 마음을 달래주는 마법사다. 신데렐라가 계모의 구박에도 불구하고 열심히 자기의 할 일을 하고, 유리 구두를 통해 왕자와 결혼해서 행복하게 살아가는 모습은 자녀들에게 큰 귀감이 된다. 그래서 어려서부터 명작을 추천하고 싶다. 4살부터 7살까지는 명작을 통해 자아를 형성하는 시기다. 흉내도 내보고 자기 자신을 바라보는 시기다. 유치원에서 명작을 통해 인형극도 해보고, 역할놀이를 통해 아이들이 창의성을 키워간다. 미용실에서 엄마들의 수다를 들어보면, 독서가 중요하고 명작동화가 얼마나 아이들에게 깊은 감동을 주는지 알 수 있다. 〈피노키오〉를 읽다가 거짓말을 하면 코가 길어진다고 재원이에게 이야기하면, 살아가면서 거짓말이 얼마나 아이들에게 영향을 미치는가를 안다. 재원이도 거짓말을 싫어한다. 인성을 키우기 위해 명작을 읽어주었다. 신나게 웃으며 친구들과 명작을 나누고 있는 재원이를 본다. 희망찬 하루, 누구나 가정에서 명작을 읽어야 한다.

명작이 좋은 이유를 쓴다면 크게 3가지이다.

첫째는, 창의력이 향상된다. 세상을 알아가는 지름길이다. 나와 남을 구분하는 마음의 양식이다.

둘째는, 의사소통이 시작된다. 명작을 읽으면, 다른 사람들과 이야기하고 싶어진다. 서로 대화를 나누며 무엇을 보고 기뻐해야 하는지 알아간다.

셋째는, 꿈을 키울 수 있다. 꿈은 무엇이든지 상상하고 바라보는데서 비롯한다. 미용실에서 엄마들을 보면 자녀들에 대한 교육과 비전이 남다르다. 물론, 자기 자식을 누구나 소중히 여긴다. 하지만, 미용실에 오는 학부모는 자녀의 꿈과 희망에 대해 헌신적으로 해주고 싶어 한다.

부모는 자식이 잘되기를 바란다. 나도 그렇다. 솔직히 말하면 내 아들 재원이가 훌륭하게 성장하기를 바란다. 세계명작처럼 방대한 꿈을 가진 사회의 구성원으로 자라기를 바란다. 매일 꿈을 찾아 여행하는 자녀로 우뚝 서기를 바란다. 지금 중학교 2학년인 재원이는 엄마의 바람대로 잘해주고 있다. 일주일에 두 번씩 전문가 독서 선생님을 만나서 꿈을 키우고 있다. 사춘기가 왔지만, 잘 극복하고 독서로 다져가는 아들이다. 대견스럽게도 재원이는 목표가 생겼다. 고등학생 그 이상으로 꿈을 그리는 학생이 되었다. 책도 많이 읽어보고 글도 써보고, 다른 사람들의 아픔도 이해하는 성실한 학생이 되었다. 엄마가 바라는 독서 하는 아이가 되어간다. 명작을 통해 읽어가는 아이는 다르다. 〈임금님 귀는 당나귀 귀〉처럼 귀를 쫑긋 세우고 경청하는 자세가 필요하다. 재원이도 경청하는 학생으로 성장했다. 엄마의 말을 잘 듣고 아빠의 말도 잘 듣는다. 덕분에 온 가족이 화목하다. 그 중심에는 어릴 적부터 꾸준히 해온 독서가 있다. 누구든지 배려하는 학생이 되었다. 고마운 일이다. 독서는 그 길을 안내했다. 그게 바로 명작을 즐기는 이유다. 세계로 나가자. 미래는 재원이가 준비한 보물이다.

자연체험으로 성숙하는 아이

　요즘 아침에 일어나면 산책하는 경우가 가끔 있다. 산에서 불어오는 공기의 소리가 나를 반긴다. 아침 공기는 신선하고 오염이 안 되어 누구나 힘을 준다. 생동감이 있고 하루를 반겨주는 길이다. 무엇이든지 나를 지켜주는 아름다운 것이 있다면 소중하게 다가간다. 자연도 그렇고 주위에 사물도 그렇다. 우리 집은 대자연에 사는 주택이다. 물론, 아파트도 보인다. 조그마한 야산 너머 텃밭에는 파릇하게 여러 작물이 손을 내민다. 얼마나 귀하고 소중한가? 재원이는 어려서부터 걷다가 꼭 질문하곤 했다.

　"엄마, 저 야채 좀 봐요. 신기하게 물이 생글생글 보여요."

　단순한 야채들의 물방울도 아이의 눈에는 가엽게 보였는지, 자꾸 안쓰럽게 이야기하곤 했다. 어린 재원이에게는 신기하면서도 사랑하는 모습이 보였다. 그렇다. 우리 아들은 공기도 소중하게 여기는 아들이다. 자연을 보호하고 피해를 주지 않는 아이다. 엄마인 내가 보아도 남에게 1%의 손해도 끼치지 않는 심성을 지녔다. 산만하지도 않고 그냥 자연에서 노는 걸 좋아한다. 겨울에 추워도 양말도 신지 않고 신나게 걸어 다니는 강한 아이다. 모든 부모가 그렇듯, 나도 내 아이 자랑을 해 봤다.

순수한 감성은 자연을 아끼는 심성에서 비롯한다. 어느 날 개구리를 보았다. 개구리가 알을 낳았다. 개구리 알은 까맣게 보인다. 액상처럼 찐득하고 보기에도 별로다. 하지만, 재원이의 눈에는 신기하게 보였다. 손으로 만지며 개구리를 사랑하는 모습이다. 초롱초롱한 눈망울에 어느덧 생기가 도는 모습이다. 개구리 알에서 눈을 떼지 못하고 관찰한다.

재원이는 평소 체험을 좋아한다. 밖에서 친구들과도 자주 곤충이나 생물들을 보러 다닌다. 초등학교 시절에는 잠자리채, 뜰채 들고 여기저기 논두렁, 밭두렁을 다니며 놀곤 했다. 친구들과 있을 때, 재원이는 눈빛이 반짝반짝 보인다. 그만큼 자연 속에서 공기를 마시며 노는 걸 좋아한다.

자연은 아이들을 성숙시킨다. 어려서 자연체험은 인간이 살아가는 데 있어 유익한 보물이다. 말을 잘하는 아이가 공부도 잘하는 것처럼 자연을 느끼는 아이가 인성을 배우고 살아가는 주체가 된다. 대부분 엄마들도 아이들을 자연 속에서 키우기를 원한다. 콘크리트 문화보다는 조상들의 쉼을 누리는 자연에서 배우고 교훈받기를 원한다.

고전을 읽는 아이

고전은 우리의 마음을 이해해주는 길이다. 고전은 나를 찾게 해주고 나를 이끈다. 초등학교 4학년부터 재원이는 독서 선생님과 고전을 시작했다. 처음에는 고전이 무엇인지도 모르고 시작했지만, 시간이 지나면서 고전을 이해하는 재원이를 발견했다. 고전의 주제가 '권선징악'이라 대부분 결말은 해피엔딩으로 끝난다. 인간이 올바르게 살아가도록 하는 지름길이 바로 고전이다. 흥부전, 심청전, 홍길동전을 비롯하여 열하일기, 박씨전, 임진록에 이르기까지 고전에서 보여주는 장르는 다양하다.

재원이는 중학교에 들어서면서 고전으로 기른 사고력과 창의력으로 발표가 달라졌다. 한번 읽거나 듣거나 고전은 다 말하고 답한다. 고전을 이제는 재미있게 이해하려고 노력하고 있다. 고전 중에서도 특히 중국 고전은 규모가 방대하다. 우리나라처럼 좁은 의미의 글들이 아닌, 넓은 의미의 장대한 스케일을 자랑한다. 어쩌면 재원이가 배우는 고전은 넓은 의미의 고전이다. 사물을 이해하고 세상의 근접을 발견하는 넓은 의미다. 온전한 화초가 자라면 그 분위기가 온 주위를 반기듯이 재원이가 바라보는 고전의 세계도 그렇다. 고전을 통해 성숙한 부분을 본다. 우리 조상들의 슬기와 지혜가 담긴 고전은 아이들에게 유익한 거름과 같다. 올바른 인성을 잡아주는 길이다.

심청전에서는 심청이의 간절한 기도와 사랑으로 부모에 대한 효를 배우고, 인당수에 재물로 몸을 던지기까지의 선택과 사랑에 대한 부모의 은혜를 기억하게 된다. 누구를 위해 희생하느냐에 따른 하늘의 운명적 선택을 발견하고 그 결과를 헌신으로 맡기는 것이다. 용왕이 심청이를 살리는 모습부터 아버지 심학규를 만나는 과정은 독자로 하여금 기대하게 하는 장면이다. 결국, 눈을 떠서 아버지를 치료해 주는 하늘의 복을 받는 장면은 모두가 박수를 쳐 주어도 아깝지 않은 효도의 길이다.

심청전을 배운 재원이의 고전 깊이는 달라졌다. 우리 집은 대가족이다. 시부모님을 모시고 살아간다. 인자하신 부모님은 언제나 손자인 재원이를 사랑하신다. 말로가 아닌, 몸소 체험으로 사랑하신다. 손자에게 필요한 여러 음식을 해주고 밥도 챙겨주시고, 직접 텃밭을 일구시고 여러 채소로 손자를 아끼신다. 더욱이 자연환경을 통해서 재원이에게 창의력을 주신 분이다. 재원이도 이런 두 분을 존경하고 사랑한다. 중학생이 되어 훌쩍 커버린 지금, 고전 독서를 잘했다 싶다. 반복해서 독서 선생님과 수업도 하고 읽고, 쓰고, 말하는 시간이 소중하다. 그래서일까? 지금도 고전을 사랑한다. 고전 이야기를 좋아하는 재원이의 표정에서 희망을 느낀다. 자녀의 웃음소리가 부모를 기쁘게 한다.

재능을 발견한 날

▽
▼
▽

세상에서 가장 부모가 즐거워하는 일이 있다면, 그것은 자녀가 재능을 발휘할 때가 아닐까 생각한다. 재능이란 타고 난 기술이라고 말하는 분들이 있다. 재능은 준비하지 않고는 노력하지 않고는 얻을 수 없는 것이다. 재능이 있기에 주변에 있는 사람들에게 웃음을 주며, 함께 참여할 수도 있다. 재능은 부모로부터 받을 수 있고 부단하게 그 일을 통해 얻을 수도 있다. 아이의 재능을 보고 있노라면 손뼉을 치고 즐거워한다.

재원이가 글쓰기에 재능을 가지고 있다는 것을 알았다. 평소 독서를 하는 아이라서 기대 반은 있었지만, 중학교에 올라와서 자신의 재능을 글로 표현한다는 것을 알았다. 독서를 하고 그 이야기를 말하는 모습은 자주 보았다. 내용을 이해하는 능력, 문법이나 어휘가 아닌 스토리를 파악하고 말하는 모습은 대견하다. 교내 글짓기 대회에서 입상도 했다. 부모를 공경하는 효도에 대한 글을 쓰고 상을 받고, 요즘 이슈인 금연에 대한 글을 써서 상을 받았다. 또한, 사단법인 한국문인협회 주관한 경기종합예술제 백일장 공모전에 참가해서 유일하게 학교에서 수상자가 되었다. 또한, 교내 체험학습 소감문 쓰기 대회에서 수상자가 되었다. 재능은 이처럼 큰 그림을 그리는 작업이다. 밑그림을 그리고 스케치를 하고 다듬고 하는 일이다. 글을 쓴다는 것은 새로운 인생을 사는 것이다. 가을의 수채화처럼 지나온 시간을 정리하는 기술이다. 독서가 즐거운 이유도 글의 소재가 되는 축복을 주기 때문이다. 나를 알아가는 지름길도 글에서 보인다. 한여름의 수목이 푸르른 이유도 다 글을 통해 바라보는 관점이다.

아마도 재원이도 글쓰기 활동을 통해 쓰는 재미를 조금은 아는 모양이다. 아들이 부모를 위해 글을 쓰고, 부모는 자녀를 위해 글을 쓴다. 행복한 아들의 얼굴을 보며 요즘은 활기찬 하루를 보낸다. 꿈을 키우는 모티브를 글에서 찾기를 바란다. 글쓰기를 통해 창조적인 사고와 개성이 드러나길 바란다. 내 아들이기에 엄마는 늘 응원한다. 고전을 이해하는 아들, 명작을 읽고 술술 말하고 싶어 하던 아들, 그래서 글이 탄생하는지 모른다. 소중한 글을 통해 자아를 형성하며 놀라운 자기계발을 시작한다.

꽃이 아름다운 것은 꽃이 피어서가 아니라, 꽃이기에 아름답다. 인간은 끝없이 무엇인가를 추구한다. 산은 산이라 부르고 강은 강이라 부른다. 산이 유구한 세월 동안 든든함을 유지하는 비결도 어쩌면 존재 그 자체가 아닌가 싶다. 재원이가 글을 쓰며 수상도 하고 튼실하게 자라고 있다. 겉보다는 속이 알찬 아들로 성장하고 있다. 사춘기지만, 조용하게 보내고 독서로 말하는 아들이 좋다. 언젠가 대중 앞에서 자신 있게 스피치로 글을 소개하는 그날을 기대해본다.

상상력이 좋은 아이

거리를 지날 때도 그냥 지나치기보다는 자세하게 관찰하는 습관
이 있다. 그러고 나서 언젠가 다시 떠올리는 글을 쓰고 사람들에게
비침이 되고자 노력한다. 독서로 채워가는 재원이의 일상을 요즈음
고맙고, 감사하다. 비가 오는 날이면 창가에서 밖을 보고 생각에 잠
긴다. 전에 초롱이가 있을 때는 자주 초롱이를 언급하곤 했다. 초롱
이에게 다가가 쓰다듬고 놀아주는 재원이 모습을 종종 보았다.

글을 쓴다는 것은 자기를 투영하는 결과이다. 나보다 다른 이들을
향한 소박한 일상을 담는다. 글은 시간을 만들어가는 공간이기에
누구나 글을 통해 원을 그리고 웃고 떠든다. 텃밭에 나가서 호박도
보고 고추밭에 가서 고추를 보다가 싱그럽게 올라온 싱추를 따서 된
장에 쌈 먹는다. 재원이도 토종을 좋아해 무공해 채소를 좋아한다.
물론, 할머니가 잘 챙겨주신다. 할아버지도 무언의 사랑을 보여주신
다.

재원이를 만나고 성장하는 모습을 보면서 행복함을 느낀다. 혼자서 외롭기도 하겠지만, 그것을 잘 극복하는 아들의 모습이 대견스럽다. 동생의 존재보다는 혼자서도 잘 노는 아들이 멋지다. 부쩍 성장해버린 중학교 2학년 오늘이 있기에 우리 집도 매일 미소로 반기는 것을 느낀다.

글을 쓰는 모습은 멋지다. 감수성이 있어서 그런지 엄마보다도 잘 표현한다. 독서를 해서 그런지 체계성도 있어 보인다. 꿈나라 독서 선생님을 초등시절에 만나서 꾸준하게 책 읽기를 했다. 글도 써보고 글쓰기 특강도 받아왔다. 독서 선생님의 글 쓰는 모습을 본받아 재원이도 현재진행형이다. 배려심도 생기고 집에 와서 어른들을 공경하는 모습도 생긴다. 하루하루가 소중한 중학생 시절이다. 사춘기이니 얼마나 생각도 많고 힘들까? 그러나 본인보다 남을 생각하는 넓은 아량은 어쩌면 독서의 힘이라 말하고 싶다. 행복은 이제부터이다. 독서의 진정한 행복을 느끼는 재원이가 되길 소망한다.
"재원아, 글쓰기 상 받은 거 축하해!"

재원이의 편지

2019년 1월 4일에 재원이가 엄마에게 편지를 썼다. 편지의 내용은 다름 아닌, '노력'에 관한 것이다.

"엄마, 재원이가 노력하고 있어요."

"수학문제집 풀어볼게요."

"아들이니, 엄마가 믿어주세요."

간단하게 쓴 편지글이다. 노력하는 아들의 모습을 보며 미안한 생각이 든다. 주입식 교육이 아닌 논리, 창조성을 원하는 엄마가 정작 아들이 수학 문제를 풀어야 하는 상황을 만들었구나! 생각하니 미안하다. 하지만, 아들의 모습은 대견하다. 미래를 창조하는 재원이가 독서를 시작하고 독서에 대한 생각을 히니 말이다. 초등학교 시절에 재원이의 하루는 바쁘게 지나갔다. 친구들과 놀 때 웃고, 떠들고 아이들의 리더로서 이끌었다. 재원이는 노력파다. 조용히 노력하는 모습을 자주 본다.

누구에게 보이기 위한 노력은 하지 않는다. 혼자서 조용히 있는 것을 좋아한다. 책을 보고 때로는 컴퓨터나 휴대폰으로 게임을 한다. 게임을 하면서 웃기도 한다. 신나는 하루가 재원이에게는 본인의 뜻대로 생각하고 계획하는 데서 온다. 사실 엄마는 재원이가 공부를 잘하고 못하고보다는 인성을 길러 올바른 아이가 되는 게 소원이다. 재원이가 정서적으로 안정을 찾고 누가 뭐라 해도 자기의 주관을 갖고 살길 바란다. 자식이 엄마, 아빠를 즐겁게 하는 것은 다름 아닌, 본인의 의지에 달려 있다. 재원이는 친구와 교우 관계도 좋으니, 다른 이들과 소통도 잘하리라 믿는다. 엄마를 즐겁게 하는 것은 학생으로서 독서와 학습을 병행하고 잘 이끌어나갈 때, 가능하다. 소소한 웃음과 가끔씩 날리는 단어가 가족을 즐겁게 한다.

재원이의 일기

▽
▼
▽

엄마를 보고

아빠를 보고

하루가 즐겁다는 것을 알았다

늘

긍정적으로

나를 이끄시는

소중한 가족이기 때문이다

할머니

할아버지

사랑으로

이렇게 키가 자라고

으뜸으로 꿈을 키운다

재원이는
커서 어떤 사람이 될까

재원이가 일기를 쓰고
독서를 하는 이유도
바로
올바르게 살기 위해서이다

일주일 두 번씩 선생님의 코칭을 받은 재원이는 다르다. 창조적인 시각과 논술의 기본인 창의력, 논리력, 상상력을 배우고 익힌다. 재원이가 감정의 변화, 마음의 변화가 일찍 찾아왔는데, 그 시기에 부모를 대신해서 독서 선생님께서 상담해주셔서 지금의 재원이가 되었다. 그때는 부모도 가족들도 다 힘들었다. 성장통을 겪으며 재원이는 부쩍 정신적으로 성장한다. 가족들과 갈등의 시간도 있었다.

독서 선생님과 재원이는 특별하다. 재원이가 가장 힘들 때면 언제나 격려와 코칭을 해주신다. 그러기에 재원이랑 친구 같은 선생님이시다. 마음으로 지면을 통해 고마움과 감사함을 전하고 싶다. 부모가 바쁘고 마음의 여유가 없다면, 그 기운이 다 내 아이에게 전달되는구나! 하는 사실을 알았다. 부모가 정서적으로 편안해야 아이가 실수를 해도 그 아이를 보듬어 줄 수 있다. 부모가 독서를 하면 자식도 한다.

독서는 새로운 삶을 보여준다. 내가 미처 알지 못하던 그 시간과 세계까지 책을 통하여 알 수 있다. 행복이란 게 별거인가? 독서와 사색하고 매일의 시간에 감사하면 되는 거지. 인생은 고난의 연속이다. 자식을 위해 한평생 살다가 나중에 가죽이 되어 죽는다. 그게 인생이라면, 우리는 무엇을 해야 할까? 자녀를 위해 시간을 투자하고 그 자녀가 올바른 가치관으로 잘 자라주기를 바라는 게 부모라 생각한다. 재원이도 최근에 보면 엄마의 마음을 조금씩 이해해주는 모습이 보인다. 그래서 고맙다. 잘 자라주어서 고맙고, 자기 일을 열심히 해주니 고맙고, 독서를 좋아하니 더더욱 고맙다. 고마운 시간 들을 우리는 지키고 살아간다. 재원이는 친구처럼 이제는 사춘기 학생으로 보인다. 무엇이 되기보다는 꿈을 지닌 자가 되는 게 최고다. 행복한 하루가 계속 이어지면 좋겠다.

복덩이

　새들이 아침부터 속삭인다. 지금은 우리 집 야산에 소나무가 있었고 아침에 나가면 새들이 소곤소곤 말하는 소리가 들린다. 겨울이면 눈이 소복하게 쌓여서 재원이랑 놀아본 기억도 있다. 눈을 뭉쳐서 던져보고 털장갑을 끼고 눈사람도 만들어 본다.

　자연은 언제나 그대로인데, 인간은 자주 바뀌고 변하는 성격을 보인다. 자연 속으로 다 내려놓고 무엇인가 위해 준비하고 산다면 얼마나 행복한 일인가? 인간과 자연의 조화는 아마도, 신이 만든 조화가 아닐까 생각한다.

　우리 집에 있는 복덩이는 두 가지가 있었다. 첫째는, 우리 아들 재원이다. 두 번째, 지금은 없지만, 재원이가 아끼고 사랑한 초롱이이다. 복덩이 재원이는 독서로 살아가는 친구 같은 자식이다. 어려서부터 부모에게 잘하고 효도하고 예의가 바르게 성장하여 지금 사춘기 중학생이 되었다. 독서력도 좋아서 이제는 척척 어른스럽게 글을 읽는다.

글을 쓴다는 것은 처음에는 잘 몰랐다. 그냥 독후감 형식으로 쓰는 거라 생각을 했었는데, 자세하게 책을 읽어보니, 그냥 독후감이 아닌, 자신의 비전과 감성이 담긴 독서록이라는 걸 알았다. 창의적인 독후활동에 비중을 둔다. 최근 재원이가 중학교에 들어가서 글쓰기 상을 받아온다. 재원이의 글에는 비전이 있다. 느낌도 있고 포부도 있다. 책에 대한 평가도 들어있다. 재원이가 바라보는 관점에서 글은 항상 창조적인 면을 보인다. 글을 쓰는 재원이가 대견하게 보이는 이유는 글에 대한 애착과 관심도이다. 파고드는 독서를 요즘 하고 있다. 본인이 읽고자 하는 책이면 분량에 상관없이 독서를 한다. 참으로 대견하다. 독서를 즐기는 모습을 보며, 재원이의 마음을 이해하게 된다.

복덩이는 다름이 아닌, 재원이다. 수없이 반복해도 독서를 하길 잘했다. 생각을 바로잡는 행동을 알게 하는 이유도 다 독서에 있다. 부모로서 재원이가 하고자 하는 길에 동행만 해도 뿌듯하다. 운동과 공부도 중요하지만, 난 재원이가 창조적인 사고로 성장하길 원한다. 희망을 품고 미래를 기억하는 가치관이 뚜렷한 아이가 되길 바란다. 독서와 문학을 통해 바른 마음의 소유자로 사춘기를 잘 극복하길 바란다. 힘들어도 참고 인내심을 기르고 온전한 재원이의 세계를 보고 나가길 바란다.

독서로 채워가는 재원 아빠

가을하늘 시원하고 깨끗한 아침이다. 집안 공기도 좋고, 정원에 있는 나무들의 아침도 좋다. 매일 열심히 출근해서 가족을 위해 일하는 재원 아빠도 좋다. 나는 내 신랑을 참 신뢰하고 좋아하는 것 같다. 20년 넘게 살았지만, 말을 우선하는 것보다 몸소 실천과 행동으로 보여주는 남편이 존경스럽다. 신랑은 쉬는 날이면 한 번도 빠짐없이 미용실에 와서 궂은일들을 묵묵히 해주고 나를 태우고 퇴근하기를 5년 동안 꾸준히 해왔다. 정신력과 자기 통제력이 매우 강한 신랑이 지닌 가족을 지켜야 한다는 신념에서 가족 사랑을 느낄 수 있다.

새벽 5시에 일어나 운동으로 하루를 시작하고 씻고 아침을 먹고 출근하는데 나한테 부담을 주거나 소리를 내본 적이 단 한 번도 없어 많이 미안하다. 나는 새벽 5시에 일어나 무언가를 챙겨줘 본 적이 없어 미안한 마음만 한가득이다. 그렇게 묵묵히 한결같이 소리

내지 않고 하는 모습으로 옆에 있는 사람들에게 스스로 일깨움을 주는 그런 사람이다. 자상하기도 하고, 독서와 사색을 좋아하는 남편이 자랑스럽다. 가족을 위해 희생하는 남편의 모습을 통해 얼마나 생각을 많이 하면서 살고 있을까? 생각하면, 재원이 아빠로서 든든한 남편이다. 가족을 위한 희생 강한 의지와 정신력이 느껴져 옆에 있는 사람도 변화할 수 있게 액션으로 보여주는 내 남편이다.

사춘기 아들의 감정이 차올랐을 때, 차분한 대화로 마음을 녹여 불을 끄는 역할도 아빠의 분깃이다. 아빠의 그런 모습을 재원이도 흡수해서 닮았는지, 아침에 스스로 일어나서 등교하고, 저녁마다 규칙적인 운동을 꾸준히 해서 근육을 키운다. 정신력과 꾸준히 노력하는 마음과 신념이 매우 강한 아이다. 얼마 전에 나한테 엄마도 읽어봐! 하고 전달한 책이 있어 현재 읽는 중이다. 데일 카네기 《인간관계론》인데, 모든 성공은 사람과의 관계에서 시작한다는 내용이다. 읽으면서 흐뭇하고 기특함이 밀려온다.

제 5 부

재원이에게 바라는 부모일기

잘 자라줘서 고마워

날씨가 참 맑다. 맑은 날씨만큼이나 여름을 앞두고 기분이 좋다. 물질적인 풍요보다는 정신적으로 한 아이의 부모라는 게 좋다. 물론, 아이가 성장하기까지 어려서부터 힘들고, 지치고, 어려움도 있었지만, 지금에 와서는 그 아이를 보는 엄마의 위치에서 보니 너무나 좋다. 이 땅의 모든 어머니와 아버지도 그럴 것이다.

내 아들, 재원아!

엄마, 아빠에게 태어나줘서 고마워!

너는 우리 집의 선물이야, 얼마나 감사한지 모른다.

할아버지도 할머니도 언제나 너를 생각해, 늘 건강하고 명랑하게 커 가길 응원하지!

어려서부터 착하고 남에게 친절하던 아들, 엄마는 그런 네가 좋았어, 물론 천성으로 부모를 타고 난 부분도 있겠지.

엄마는 재원이가 사춘기가 되고 성장하고 있으니 든든하고 좋단다.

아빠도 아마, 그럴 거야!

네가 언제나 독서로 말하고 스스로 진로를 생각하는 요즘, 가장 행복하게 느낄 거야!

우리 집 행복의 아이콘은 바로 너란다.

날마다 최선을 다하고 풍부하게 표현하며 살자.

엄마, 아빠도 너를 위해 본을 보이는 부모가 되도록 노력할게!

사랑한다, 재원아!

문득, 재원이를 떠올리며 편지를 쓴다. 어려서부터 개구쟁이처럼 뛰어놀 때도 있었다. 동네를 돌아다니면서 친구들과 개구리도 잡아 보고 물고기도 잡으러 다녔다. 또한, 형들과 어울리며 주말이면, 근처 계곡에 가서 낚시도 하고 그물을 가져가서 고기도 잡았다. 뜰채를 들고 형들과 즐겁게 웃으며 다니던 재원이의 모습도 생각이 난다.

이천은 살기 좋은 곳이다. 여기저기 공원도 많고 복하천과 신둔천을 따라 자전거도로가 준비되어 있다. 누구나 쉽게 걸을 수 있도록 이천시에서 조성한 조깅 코스도 있다. 이러한 지역 환경이 아이들에게 필요하다. 정서적으로도 도움이 된다. 여가생활을 하는 현대인들의 모습을 보면 바로 이거다 싶다. 돈을 들이지 않고도 마음껏 운동하고 뛰어놀 수 있는 것이야말로 최고의 환경이 아닐까? 시내와 조금 떨어져 살다 보니 자동차가 필수다. 전원주택은 그러한 부분이 좋다. 자연을 가까이 접한다는 것이다. 텃밭도 일구고 여름도 보내고

벌레도 보고 곤충도 만지고 생태환경을 쉽게 접하는 이치가 있어서 좋다. 재원이는 신기하게 체험하는 것을 좋아한다. 호기심이 많다. 무서워하지 않는다. 추위에도 강하다.

여기저기 뛰어다니며 자연탐구를 좋아하는 긍정적이고 밝은 재원이를 본다. 친구들과도 언제나 양보하고 배려하는 마음이 강하다. 전에 집에 있던 초롱이를 매일 아껴주면서 즐거워하던 아들, 어느덧 중학생이 되어 이제 어른스럽게 부모를 대하며 철이 든 아들, 그래서 엄마는 행복하다. 재원이가 어릴 때 체험학습을 좀 더 해 줄 걸, 훌쩍 커버린 아들을 보니 문득 그때가 생각난다. 다른 엄마들처럼 주기적으로 체험학습을 하지는 못했지만, 그래도 가끔은 다녀보았다. 더 열심히 아들에게 해주지 못한 아쉬움은 크다. 사실 미용실을 하다 보니 시간이 그리 넉넉하지는 않다. 그렇지만, 자녀교육에 대한 사랑과 열심은 지금도 변함이 없다.

글을 쓰고 있는 나도 어린 시절이 있었고 그 시절에 부족함을 내 아이에게 채워주려고 했다. "비움은 곧 채움이다."라는 말이 있다. 스스로 배우고자 해야 모든 것이 보인다. 하늘은 스스로 하는 자에게 은혜를 더한다. 무엇이든지 적극적으로 보고 듣고 배우는 자세가 필요하다. 바로, 그 자세에 재원이가 되기를 소망해본다. 청소년 시기를 지나 어른이 되어 엄마의 마음을 다시금 기억해줄 고마운 아들이 되기를 바란다.

성장하는 온전한 큰 나무

아침에 일어나 은은한 커피 향을 마시면 기분이 좋다. 커피 향 가득한 하루를 시작한다. 가끔은 따뜻한 차로 마음을 달래곤 한다. 인간이 태어나서 매일 맞이하는 하루다. 어떤 이는 그 하루를 평생처럼 사는가 하면, 어떤 이는 그냥 하루처럼 살아간다.

나는 어떠한가? 혼자서 자문해보며 오늘보다는 내일을 기약하며 비전 있는 하루를 기대하고 산다. 여행을 가고 싶으면 여행을 떠나면 되고, 무얼 먹고 싶으면 그냥 가서 사 먹으면 된다. 하지만, 일상을 살다 보니 이런 게 뜻대로 되기가 쉽지 않다. 충분한 시간이 있어도 하지 못하는 사람도 있다. 가정주부로 사는 게 아닌, 워킹 맘으로 집안일과 직장 일을 병행하다 보니 사실, 자녀와 깊은 대화를 나누기가 그리 쉽지 않다.

아이가 태어나면 온전한 큰 그릇으로 자라기를 기대하는 부모다. 내 아이가 나보다는 더 좋은 환경에서 살기를 바란다. 그러기에, 매일의 생활도 반복이지만 견디며 살아가는지도 모른다. 재원이와 쇼핑을 할 때도 아이의 모습을 보고 든든하게 생각한다. 벌써 저렇게 성장했구나, 하는 안도의 기쁨을 엄마는 속으로 한다. 하루의 시작이 그렇듯 부모는 그릇이 크다. 온종일 자녀의 안전과 성취를 바라고 행복을 기원한다. 집안에서 자녀와 대화시간을 갖는다. 그날의 컨디션과 하루에 있었던 숨은 이야기들을 나눈다. 좋은 일은 축복하고 어려운 일은 위로한다. 힘들어도 꾹 참고 있는 자녀도 있다. 재원이는 그날의 상황을 자세히 말하는 편이다. 그래서 감사하다. 자녀가 힘들면 부모도 힘들기 때문이다. 어려서부터 확실하게 찬, 반을 분명하게 말하는 아들이다. 우주와 천체, 로봇, 과학 분야에 관심과 꿈이 있다. 내 아들이 어느 정도의 준비와 미래를 꿈꾸는지 지켜보고 싶다. 물론, 엄마로서 부족함도 크다. 아들의 충족에 못 미치는 부분도 있을 것이다. 서로 대화하며 성장일기를 쓴다면 행복한 미래가 오지 않을까 생각해 본다.

독서는 그런 의미에서 큰 보물이다. 보물을 보물답게 여기는 자세가 필요하다. 독서를 하고자 하는 목표가 분명한 아들이기에 성장하는 큰 나무가 되리라고 믿는다. 가족이 응원하고 박수를 보내는 마음이기에 재원이도 성장하면서 어른스럽게 받아들이는 모습이다. 성장하는 온전한 큰 나무가 되기 위해서 지금부터 준비한다. 매일 최선을 다하며 독서로 채워가는 시간을 갖길 바란다. 독서는 마음의 양식이라고 했다. 조상들의 슬기와 지혜를 독서를 통해 모아 보자.

부모는 이래서 부모란다

▽
▼
▽

세상 어디에도 비길 수 없는 큰 은혜는 바로 부모다. 부모가 되어서 자녀를 양육하면서 세상을 알아간다. 엄마가 되어서 자녀를 낳고 해산의 고통을 알게 되면서 엄마라는 존재가 얼마나 크고 위대한지도 알게 되었다. 재원이를 낳고 난 가장 큰 행복을 느꼈다. 우리 집에 보물 1호를 보러 온 가족이 기뻐하는 모습은 지금 생각해도 너무나 감사한 일이다. 눈망울이 초롱초롱하게 빛나던 그 순간 엄마는 가장 고맙고 행복했다. 아이가 자라면서 재롱을 부리고 옹알이를 하던 순간에는 얼마나 기뻐했는지 모른다. 키가 자라고 생각을 말하던 너의 모습은 부모라는 위치에 서보니 자식의 기쁨이 크더라. 누가 뭐래도 부모는 자식의 재롱에도 피로가 가시고 다시 활력을 얻는다는 것을 알았다.

사계절을 보고 재원이랑 손잡고 걷고 자연을 감상하면서 가족의 의미와 사랑을 다시금 깨닫게 된다. 아이가 자라면서 어떤 사람이 될

꿈을 키우는/ 재원이의 독서일기

까? 고민도 해보고 생각도 하지만, 아이의 모습은 언제나 천진난만한 모습이다. 가끔 엄마가 해주는 음식을 먹고 맛있다 표현해주면 엄마는 금세 에너지가 생겨서 더 하게 된다. 재원이가 유치원에서 배운 내용을 말하거나 발표를 할 때, 표정에서 나타난 순수한 모습은 지금도 생생하다. 엄마들이 자식을 아끼는 마음은 얼마나 큰지, 헌신의 노력을 아끼지 않는다. 푸른 하늘을 보고 감사하는 이유다.

재원이의 성장일기 1

▽
▼
▽

　우리 집에 어렵게 재원이란 아이가 태어났다. 어렵게 얻은 아들이니만큼, 자연분만 모유 수유는 기본이었다. 그래서 모유 수유를 꼭, 성공하겠다는 일념으로 보건소 교육이며, 마리나 산모 체조며, 꾸준하게 배우고 다녔다. 태교에 좋다고 해서 토피어리 만들기, 오감을 자극하는 만들기를 하며 아이가 건강하게 태어날 날을 간절하게 기다렸다.

　보건소 교육이 큰 도움이 되었다. 집에서 산모가 진통을 하고, 3분 간격으로 진통이 올 때, 준비한 대로 산부인과에 직접 전화를 걸어서 준비해 달라고 요청했다. 병원에 도착해서 바로 분만대에 올라가서 2시간 이내에 사랑하는 아들, 재원이를 출신했다. 몸무게 3.3kg에 신장 50cm, 표준이다. 신생아는 눈이 부시고 뽀얀 피부를 가진 사내아이다. 머리카락은 숱이 많았고, 태아의 탯줄을 자르고 깨끗하게 모습을 보여주었을 때, 눈물이 나왔다. 어찌나 태아가 예쁜지, 엄마가 되어가는 모습이었다. 본능적으로 재원이는 엄마 냄새가 느껴졌는지, 엄마 젖을 먹으려고 신생아임에도 불구하고 동작이 아주 민첩하고 빨랐다. 굉장히 건강하고 동작이 빠른 아이라는 것을 알았다. 감정이 복받쳐서 감사하는 마음과 잘 키워보겠다는 큰 다짐이 생기면서 눈물이 쉴 새 없이 흐르는데, 왜 이리 고마운지 모른다.

"정말 고맙다, 아가야. 엄마만 느껴 볼 수 있는 특권이다."

이름을 짓기 전 태아명은 복덩이이다. 복덩이 맘으로 통했다. 백일이 지나고 행복하게 키우는 동안 순간순간 느끼는 것이 그 아이는 우리 부부에게 복을 넝쿨째 가져다주는 소중한 아이다. 우리 부부는 그 아이 덕분에 복을 받았다. 건강해서 모유도 20개월까지 수유할 수 있었다.

돌이 되어서 아이는 걷기 시작했다. 얼마나 바지런한지 움직임과 동작이 너무 빨라서 사고가 연속적으로 발생했다. 낮잠도 많이 자지 않아서 온종일 돌봐야 하는 상황이었다. 아이가 조용하면 꼭 들어가 확인해야만 안심이 되었다. 집에 있는 식물을 뽑아버리거나 흙을 다 파서 이리저리 놓는다. 검정 크레파스로 거실 바닥에 낙서하면서 옷으로 문지르고 놀았다. 그런가 하면, 할머니가 관리하시는 장독대에 가서 뚜껑을 열고 된장을 손으로 파서 가져왔다. 마치, 슈퍼맨이 탄생한 듯 개구쟁이 모습이다. 손으로 된장을 먹고 집 안 옷장의 서랍들을 다 열어젖힌다.

지금 생각하면 웃음이 나온다. 활동적인 재원이의 어린 시절이 즐겁다. 얼굴에 딸기잼을 바르고 손가락을 빠는 모습은 할머니 보시기에 대단한 손자 녀석이었다. 절대 순둥이는 아니었다. 놀이터에 가더라도 뛰어노는 것보다 곤충들이나 개미, 벌레들을 잡거나 관찰을 많이 했다. 태어날 때부터 호기심이 너무나 많아 손으로 만져보고 한곳에 호기심이 끝날 때까지 머무는 시간이 길었다.

초등학교에 들어가서는 천방지축이었다. 재원이는 호기심이 많아서인지 흙을 묻히고, 뒹구느라 신발이 진흙투성이가 되어 매일 신발을 세탁해야 했다. 자연을 사랑하는 아들이었다. 콘크리트 문화보다는 자연의 모습을 좋아했다. 동물이나 공룡, 바다 동물, 곤충, 우주에 대한 호기심이 남달랐다. 동물원은 재원이랑 초등시절에 많이 갔다. 동물들의 습성과 생김새를 관찰하고 먹이를 무얼 먹는가를 유심히 쳐다본다.

재원이의 성장일기 2

　독서를 시작한 재원이가 매일 책을 읽는다. 엄마가 들려주는 동화에서 잠자기 전에 불을 끄고 이야기를 한다. 처음에는 매일 주제를 정하고 그 주제를 달리해서 이야기를 해주었는데, 너무나 재미있어 한다. 그래서 시리즈 독서를 시작했다. 제목을 붙여 이야기를 구성하고 그 내용을 전달했을 때, 재원이는 웃다가 잠이 든다.

　초등학교 3, 4학년까지 계속되었다. 재원이는 독서 이야기를 매일 기다렸다. 초등학교 2학년이 되어서 자전거를 처음 배우게 되었다. 너무나 활동적이었던 재원이는 자전거를 타고 여기저기 신나게 돌아다녔다. 그러다 타이어 펑크가 나서 수리하고 다시 타고 돌아다니는 걸 보았다. 자전거 수리를 10번이나 넘게 고치니까 자전거 사장님이 한마디 하셨다. "자전거가 주인 잘못 만나서 꽤 불쌍하다." 그렇게나 자주 수리하러 오는데, 자전거 주인은 다친 데가 없냐고 묻는다. 그럴 정도로 정말 신나게 뛰어놀았다. 어느 날, 다리 접히는 부분이 너무 아프다고 해서 마사지를 해주기 시작했는데, 알고 보니 성장통이다. 그 이후 수년간 발 마사지를 해주어야 잠이 들곤 했다.

재원이는 독서를 사랑한다. 독서습관이 되어 있다. 그래서인지, 요즘은 독서량이 많은 책을 도서관에서 빌려서 본다. 초등학교 2학년 때에 처음으로 논술전문가이자 고려대학교에서 독서 명강사 특임 강사로 활동하셨던, 이천에서 학생들을 지도하고 계시는 오세주 선생님을 만나면서 독서에 입문한 재원이는 중학생이 된 지금도 독서 수업을 꾸준히 하고 있다. 논술 선생님의 저서인 《독서는 인생이다》를 추천한다. 네이버 검색에서 쉽게 구입 가능하고 서울 교보문고 광화문에서 저자 강연회를 하셨다. 독서 코칭으로 재원이를 누구보다도 잘 이끄신다. 글을 잘 쓰시고, 논술 첨삭과 더불어 대입논술 코칭으로 전국에서도 잘 알려진 분이다. 자녀교육의 일인자답게 자녀교육도 잘하시고, 특강을 자주 하셔서 아이들 코칭은 물론, 대입까지 봐주신다. 논술로 대학가는 길을 알려주시고, 학생들을 이끄신다.

행복한 독서를 알게 된 요즘 재원이의 독서량이 부쩍 늘었다. 논술 첨삭을 통해 중학교 교과서는 물론, 비문학 과정을 응용해서 작품을 배우고, 학생들에게 그 작품을 분석하는 능력을 심어주신다. 재원이도 그 결과, 글 쓰는 재주가 있어 보인다. 처음보다는 아주 내용이 월

꿈을 키우는/ 재원이의 독서일기

등하고, 문학의 이해성 또한 탁월하게 이끈다. 재원이가 변하는 모습을 보고 이제 우리 아들도 되는구나 하는 안도의 쉼을 요즘 느껴본다. 생각의 차이다. 모든 부모가 자식을 위해 투자하고자 하는 노력만 있다면, 자녀교육이 왜 안 되겠는가? 그런 면에서, 필자는 이천의 최고의 선생님이신 논술 전문 선생님을 추천해본다. 여러분도 상담해 보면 알 것이다. 맞춤형 독서교육이 무엇인지를, 창의성을 기르는 독서교육에 이제는 관심을 갖고 살아야 한다. 문학을 배운다는 것은 자녀에게 큰 특권임에 분명하다.

손자 사랑 아버님

　난 시아버지를 잘 만났다. 온화한 성품에 가정을 아끼시는 마음과 손자 사랑을 몸소 보여주시는 아버님을 존경한다. 재원이를 처음 가졌을 때였다. 어렵게 임신을 하고 아이가 태어났을 때가 생각난다. 재원이가 태어나 2주 동안 조리원에서 생활하고 있었다. 재원이가 태어나 모두가 축복해주시고 사랑으로 안아 주셨다. 모두가 깜짝 놀란 이유는 평소에 과묵하시던 아버님께서 2주 동안 하루도 안 빠지고 재원이를 찾아오셨다. 얼마나 손자가 얼마나 보고 싶으셨으면 그리도 찾아오셨을까, 생각하니 참 행복한 아이구나! 라는 생각을 하게 되었다.

　조리원 여사님이 말씀하셨다.
　"아버님, 그렇게 손자가 좋으세요? 어떻게 하루도 안 빠지시고 도장을 찍으세요?"

이 말에 아버님은 빙그레 미소를 지으며 산후조리원을 나가셨다. 그리고 뒤돌아서는 손을 흔들며 축하해주신다. 손자를 위해 그동안 아버님은 많은 것을 준비하고 계셨다. 글재주가 뛰어나신 아버님은 한자도 잘 쓰시고, 직접 수묵화도 그리시고, 중국어, 일본어, 영어 회화도 척척 배우시고 잘하신다. 최근에는 캘리그라피를 배우고 계신다. 아버님 작품이 집에 여러 점 비치되어 있다. 또한, 재원이 배냇머리로 붓을 만들어서 돌잔치에 돌상에 올려놓기도 했다.

재원이가 성장하고 초등학교에서 한자를 배울 때, 아버님은 손수 '사자소학'을 직접 쓰셔서 3권의 책으로 만들어 주셨다. 지금도 재원이는 그것을 할아버지가 물려주신 가보라 생각하고 보고 있다. 감동이었다. 손자를 사랑하는 아버님 정성은 어찌 말로 표현하겠는가? 한창 할아버지와 한자 공부를 즐겁게 하더니 학교에서 100점을 맞아 왔다.

재원이의 사촌 작은누나가 놀러 오면 부루마블 게임을 주로 즐기는데, 이날은 고스톱을 가르쳐 주길래 과연 할 수 있을까 하는 생각이 들었다. 그런데 1시간이 넘도록 주고받고 자연스럽게 고스톱이 진행되는 것을 보았다. 누나가 간 뒤에 엄마랑 했는데 아이가 이기는 것을 보고 놀라웠다. 하하하하 웃다가 그날은 즐겁게 보냈다. 자신감이 붙는지 다음 날에 할아버지와 다시 하자고 해서 했는데, 할아버지도 이

겨버렸다. 뒤에서 할머니랑 아빠도 웃고 박수 치고 난리가 났다. 할아버지도 즐겁고 재원이도 즐겁던 날! 하늘에서 달님도 웃고 있겠지, 재원이가 태어나 이렇게 가정에 기쁨을 주고 웃음을 주니 말이다. 역시, 재원이는 우리 집 보물이다. 손주 사랑을 실천하신 아버님도 그리 생각하신다.

할아버지와 함께하는 고구마체험

"우리 할아버지는 최고의 농사꾼이세요!"

재원이는 할아버지를 좋아한다. 부지런하시고 말씀이 별로 없으신 할아버지, 재원이는 할아버지 따라 텃밭에 자주 간다. 아버님은 항상, 새벽에 일어나신다. 눈을 뜨시면 일상처럼 밭에 나가서 일하신다. 텃밭처럼 보이나 보기보다는 큰 밭이다. 집 근처에 있어서 집안에서도 일하시는 모습이 눈에 보인다. 부엌에서 요리하다가 창문을 보면 새벽부터 일하시는 아버님 모습이 보인다.

재원이 할아버지는 비가 오나 눈이 오나 텃밭 가꾸기 농작물에 정성을 쏟는다. 아마도, 자식들 키우는 모습도 그러하셨을 것이다. 밭에는 들깨, 고추, 시금치, 고구마, 감자, 오이, 블루베리, 참외, 가지, 파, 갓, 배추, 호박 등등 가지 수도 셀 수 없을 정도로 다양한 작물을 재배하신다. 할아버지가 키우신 무공해 농산물은 잘 커서 냉장고에 가득 차 있다. 그래서 우리 집은 야채나 양념류는 전혀 시장을 보지 않고도 자급자족한다.

할아버지는 손수 지은 농사로 손자나 며느리, 아들에게 먹이고 싶은 소망으로 텃밭을 일구시고 농사를 지으신다. 허리도 아프시고, 다리도 아프시고, 여름에 땡볕에서 종일 일하시는 모습을 보면 안쓰럽게 여겨지기도 하지만, 할아버지의 주관이 그러하시니, 건강한 식탁을 위해 헌신하시는 모습이 보기 참 좋다. 나와 남편은 직장 생활을 하고 있어서 부모님을 잘 도와드리지 못한다.

할아버지의 사랑은 재원이다. 할아버지는 올해도 밭을 갈아서 감자 모종을 심었다. 된장, 고추장이며 청국장처럼 건강한 음식을 먹고 성장한 재원이를 위해서이다. 재원이 건강을 누구보다도 아끼고 사랑하는 할아버지 마음이다.

지난해 가을이었다. 고구마를 캐서 수확하는 날이다. 할아버지와 할머니는 밭에서 열심히 고구마를 수확하신다. 평소 친구들이 재원이를 찾아와서 놀고 간다. 이날도 친구가 찾아오고, 재원이는 그 친구와 같이 할아버지를 도와서 고구마 캐기 체험을 한다. 할아버지는 경운기에 아이들을 태우고 덜덜덜 고구마밭으로 향한다. 친구와 재원이는 경운기를 처음 타보는 재미에 신이 났다. 고구마밭에 도착한 재원이는 친구와 같이 열심히 고구마를 캐기 시작한다. 할아버지는 친구와 같이 땀을 흘리며 고구마 캐는 모습이 너무나 귀여워서 "그놈 참 열심히도 캔다."라고 말씀했다. 호미로 살짝 흙을 젖히면 바로 나오는 고구마가 재원이는 신기한 모양이다. 고구마는 나오다 찍히기도 하고 허리가 잘려서 나오기도 한다. 아이들이 캐는 고구마는 그렇다. 한참을 캐다 보니 땀도 나고 목도 말라서 바닥에 털썩 주저앉는다. 물을 조금 마시고 태양처럼 뜨거운 고구마밭에서의 체험은 종료가 되었다. 둘 다 얼굴이 홍당무가 되어서 어쩔 줄을 몰랐다.

재원이는 친구와 고구마체험을 하면서 할아버지가 얼마나 고생하는지를 알게 되었다. 70이 넘으신 연세임에도 불구하고 자식, 손주를 위해 희생하는 할아버지는 최고의 아버님이시다. 할아버지는 그날도 아이들을 다시 경운기에 태우고 집으로 오셨다. 보람찬 하루가 되었다. 할아버지 덕분에 즐겁게 보냈다.

저녁때에는 그날 수확한 고구마를 맛있게 솥에 쪄서 먹었다. 참으로 꿀맛이었다. 빨갛게 익은 얼굴로 울상을 짓던 재원이는 고구마를 먹을 때에는 활짝 웃으며 맛있게 먹었다. 그날 도와준 재원이 친구에게도 선물로 고구마를 보냈다. 친구의 부모님도 고맙다고 전화가 왔다. 그날 고구마체험 이후로 친구 어머니하고도 소통하는 사이가 되었다. 돈 주고도 살 수 없는 좋은 체험을 하게 해 주신 할아버지께 감사하다.

자연은 언제나 위대하다. 인간을 풍요롭게 만들고, 세상을 살아갈 용기를 준다. 자연체험을 통해 미래를 준비하게 되었다. 흙은 진리이다. 소중한 생명줄이다. 고맙고 감사하다. 재원이가 일깨운 오늘 하루의 체험은 반드시 내일을 준비한다.

아빠와의 추억

　재원이 아빠는 새벽 5시에 일어나 준비하고 회사에 출근한다. 회사에 가서 아침 운동을 하고 업무를 시작한다. 식사도 회사에서 대부분하고 오신다. 열심히 회사 일을 마치면 아빠는 저의 가게로 와서 같이 퇴근을 한다. 퇴근 후 집에 오면 아빠는 재원이와 저녁을 먹으며 대화를 한다. 아빠는 청소도 도와주고 집 안 구석구석 돌보며 화초도 가꾸어 준다. 아빠는 부지런하다. 재원이도 아빠를 닮아서 그런지 부지런하다. 자기 일을 잘하고 에너지가 넘쳐서 친구들하고 놀 때도 적극적이다. 아빠도 재원이에게 적극적으로 놀아준다.

　아빠가 재원이를 위해 하루도 빠지지 않고 하는 일이 있다. 배낭 가방에 재원이가 좋아할 민한 건강한 간식거리를 잔뜩 챙겨오는 일이다. 아들이 좋아하는 모습을 보려고 잘 먹는 것이 있다면, 눈여겨보고 있다가 다음에도 또 챙겨온다. 아빠의 자상함이 재원이에게 넘친다. 가끔 재원이랑 산책을 하고 스포츠 운동도 한다. 간단한 배

드민턴이나 걷기도 잘 한다. 재원이는 아빠의 사랑에 힘이 생기는지 아빠의 간식도 자주 들여다보고 먹는다. 아빠와 나란히 소파에 앉아서 TV를 보며 과자를 먹는 모습을 보며 부전자전이구나, 하는 생각과 함께 두 부자가 귀엽다는 생각을 한다. 과자를 먹다가 남은 하나를 두고 둘이서 먹기 쟁탈전을 벌이는 모습은 아빠나 아들이나 어쩜 그리 똑같은지 모른다. 그러다가 못 이기는 척, 아들에게 양보하는 아빠의 모습을 보며, 역시 부모구나 하는 생각을 한다. 아빠가 아들에 대한 사랑이 크구나 하는 생각을 하며, 사소한 행복함이 깃들어 있다. 최근에 아빠랑 상의해서 스탠드형 철봉 하나를 사서 집안에 두었다. 아들은 방문에 설치하는 걸 사고 싶어 했는데, 안전까지 생각해서 스탠드로 결정했다. 도착하자마자 조립을 시작했는데, 같이 조립하면서 꽤 즐거워했다. 도안을 보며 조금씩, 조금씩 완성품이 나왔는데, 서로 물어보고 행동해 조립하는 과정에서 말은 안 해도 대단하게 친밀감이 생기는 모습을 보았다.

재원이는 아빠가 사주신 철봉운동 기구로 매일 몸을 단련한다. 공부도 하고 운동도 하고 일석이조를 아빠가 선물했다. 매일 자기만의 루틴을 정해서 복근운동도 하고 줄넘기, 철봉을 한다. 한 달 만에 튼튼한 재원이의 모습으로 바뀌어 간다. 운동을 시작한 지는 3개월이 되어간다. 지금도 부지런하게 운동도 하고 센터백도 한다. 재원이는 정신력이 강하다. 조용한 성격으로 변한 사춘기 중학생 아들이지만, 얼마나 대견한지 모른다. 부모는 이런 아이를 두고 행복을 느껜다. 아빠와 재원이의 추억 놀이를 통해 가정에 웃음이 생긴다. 그 웃음의 주인공이 바로 재원이다. 내 아들, 이럴 때는 지나온 추억의 시간과 세월이 고마울 뿐이다. 지금처럼 20살 청년의 모습도 30살 아빠의 모습도 성장하길 기도하고 싶다.

"사춘기 아들아, 아빠, 엄마가 너를 사랑하는 거 알지?"

사춘기 아이의 새 옷

　가끔 재원이랑 외식을 한다. 서로가 바쁘기에 자주 밖에 나가 식사를 하기는 어렵다. 하지만, 아빠는 재원이랑 같이 있는 걸 좋아해서 밖에 나가 산책도 하고 식사도 하고 구경도 한다. 재원이와 아빠와의 추억을 생각해 본다. 이곳저곳을 다니며 여러 이야기와 소개도 들었다. 유익하고 좋은 이야기들이다.

　재원이는 사계절 집에서 반바지 차림이다. 거기다 반소매 티도 입었다. 더위를 싫어하고 평소 옷을 두껍게 입지 않는다. 겨울에도 반바지에 반소매 티를 입는다. 양말도 신지 않을 정도로 추위를 타지 않는다. 어릴 적 재원이의 모습이 그랬다. 그런데 사춘기가 오더니 입을 옷을 쿠팡에서 사달라고 한다. 꼼꼼하게 찾아서 캡처까지 해 왔다. 오우, 놀랍게도 생각보다 감각 있고 스타일리쉬한 게 질과 소재 면에서 보는 안목이 뛰어났다. 평소에 옷에 관심 없던 아이가 사춘기가 오니, 다르다. 부모는 그래서 놀라나 보다. 한 가지만 늘 즐겨서 입었던 재원이가 옷을 사달라고 해서 기뻐하며 매우 놀랐다. 마침, 그 옷을 입고 보여줄 기회가 왔다. 아빠가 친구랑 고깃집에서 즐겁게 식사를 하고 기분 좋게 술 한잔 나누고 이야기꽃을 피우고 있을 때였다. 아빠에게 한 통의 전화가 왔다. 전화기 속의 주인공은 누굴까? 바로, 재원이었다.

"아빠, 나 고깃집 앞인데 아빠 어디 있어요?"

그 말에 취기가 조금 올라온 아빠는 너무 기분 좋아서 큰 소리로 의자에서 벌떡 일어나서 목소리도 커지고 오버를 한다.

"응, 우리 아들 어떻게 알고 왔어? 깜짝 놀랐잖아?"

재원이의 또 다른 면에 아빠는 응원을 보내고 있었다. 재원이는 깜짝 변신 중이다. 쿠팡에서 주문한 청재킷, 티셔츠, 바지까지 세트로 갈아입고 서 있는 재원이 모습이 멋졌다. 아빠를 반기며 달려간 재원이에게 아빠 친구가 이런저런 이야기도 하고 아빠 칭찬을 쏟아내는 바람에 아빠에 대한 새로운 면을 알게 되는 시간이었다. 다음에는 삼촌 딸도 만나자며 웃음꽃이 피었다. 소소한 행복의 날이다. 헤어지고 오는 길에 도란도란 이야기꽃을 피우고 아이스크림 하나씩 입에 물고 즐겁게 하루가 지나갔다. 아빠는 술 한 잔에 어린아이처럼 편안한 재원이의 친구가 되어 간다. 나가기가 편해지는 아빠다. 밤새 이야기꽃을 피우던 그 날 밤 추억은 잊을 수가 없다. 웃음이 가득 찬 아빠와 재원이의 멋진 추억이다.

할머니, 우리 할머니

▽
▼
▽

 재원이는 할머니를 좋아한다. 늘 재원이만을 챙기시는 할머니의 사랑을 재원이는 안다. 어려서부터 밥해주고 키워주고 언제나 재원이 곁에는 할머니의 헌신적인 사랑이 있었다. 재원이가 음식을 즐기는 편이 아니라서 할머니는 재원이를 위해 음식을 하실 때, 모든 음식에 조미료를 사용하지 않는다. 그대로의 맛과 향을 살려서 음식을 하신다. 그래서 할머니의 음식은 토속적이면서 건강식이다. 할머니는 된장, 고추장, 간장, 청국장까지 집에서 손수 다 담그신다. 계절마다 농사를 지어 야채로 김치를 맛깔스럽게 담그신다. 최근에 기관지에 좋다는 도라지 무 조청을 담그셔서 재원이랑 우리 가족들이 감기 예방 차원에서 먹고 있다.

 평소에 식혜나 수정과도 시중에 파는 것과는 차원이 다르게 집에서 만들어 먹는다. 재원이는 이런 할머니가 존경스럽다. 어릴 적 할머니에게 서운하게 말한 적도 있지만, 할머니는 다 품고 손자라서 귀여워 해주시는 모습이 너무나 감사하다.

할머니의 요리 솜씨는 탁월해서 순간, 요리연구가도 해도 좋겠다는 생각을 해본 적도 있다. 그만큼 요리를 잘하신다. 재원이는 할머니 덕에 맛있는 요리를 자주 먹는다. 얼마 전에는 요즘 아이들이 선지를 잘 안 먹는데, 할머니께서 선짓국을 얼마나 맛있게 요리하셨는지 잘 먹었다. 감자탕도 잘 만드신다. 집에서 양념한 소불고기는 물론, 돼지고기 두루치기, 냉이무침, 가지무침 등 다양한 요리를 하신다. 할머니 손맛에 입맛이 길들어진 재원이는 시래기나물도 잘 먹는다. 지금 생각하면 할머니를 만나서 재원이가 전통 음식을 잘 먹는구나 싶다. 할머니의 음식은 건강 밥상이다. 엄마가 일을 하니 할머니가 늘 재원이를 돌봐주신다. 그래서 난, 어머님 복이 있다고 한다.

할머니와의 추억은 또 있다. 한번은 비가 많이 쏟아지고, 태풍이 오는 지난해에 있었던 일이다. 손자를 위해 우산을 들고 학교 앞까지 찾아간 할머니는 재원이를 만나서 우산을 주었다고 한다. 이때, 재원이가 할머니의 정성에 감동하여 마음이 뭉클했다고 한다.

"할머니, 바람도 불고 태풍 와서 비가 쏟아지는데 다치면 어쩌시려고 오셨어요?"

"밖에 비가 와서 걱정되어서 왔지?"

"이제 저도 중학생이니 제가 알아서 할 수 있어요, 할머니. 얼른 가요, 비가 많이 와요."

할머니와 재원이의 대화 속에 가슴이 뭉클했다. 재원이가 어느새 커서 이제는 할머니를 걱정해주는구나, 생각하니 든든한 아들이 자랑스러웠다. 집에 오는 길에 할머니가 실내화 가방이라도 들어주려 했는데, 재원이가 "할머니, 괜찮아요, 제가 들고 갈게요" 하는 것이다. 할머니와 함께한 그 날은 든든한 아들의 모습을 경험한 하루다.

매일 대가족이 둘러앉아 함께 아침을 먹는다. 할머니께서 식사를 준비하시고 나도 도우면서 대화로 아침이 시작된다. 할머니께 전해 들은 재원이하고 추억은 감사하다. 어머니께서 재원이를 많이 아끼고 사랑하시는구나! 생각하며 기분이 좋다. 할머니는 재원이에게는 큰 보물이시다. 늘 재원이 곁에 엄마 이상으로 할머니의 보살핌이 있었다. 그래서 재원이는 행복한 아들이다. 맞벌이하는 우리 가정 상 언제나 보살핌이 쉽지 않은데, 할머니가 있어서 너무나 감사하다. 언제나 우리 집에 재원이가 어른이 되더라도 두 분의 사랑을 건강으로 함께 했으면 좋겠다. 부모는 자식 사랑이지만, 할머니는 손자 사랑으로 오늘도 헌신하고 계신다.

우리 할머니는 임영웅 노래를 좋아하신다. 누가 뭐라 할 것도 없이 임영웅 하면 생각나는 사람은 우리 할머니시다. 할머니는 임영웅 노래만 나와도 표정이 다르게 변하신다. 너무나 좋아하는 모습이시고 팬이다. 저녁마다 임영웅 노래를 틀어놓고, 유튜브로 듣고 구독하실 정도로 좋아하신다. 심지어 임영웅 얼굴이 새겨진 머그잔과 파란 손수

건을 갖고 계신다. 찐 팬이시다. 할머니가 이렇게 개성이 강하시고 너무나 좋다. 마치, 아이돌처럼 소녀의 감성으로 노래를 좋아하는 모습이 보기 좋고 자랑스럽다. 할머니, 언제나 건강하게 임영웅 노래 들으며 살아요, 사랑합니다.

제
6
부

⋮

엄마의 독후활동 비전(vision)일기

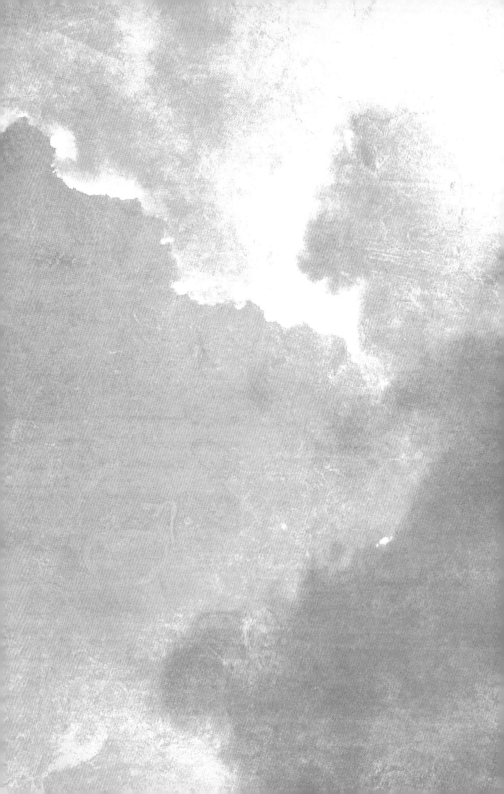

《빨간 머리 앤》을 통해 본 작가의
독서 이야기

　이 책을 읽고서 인간의 삶이 무엇인가를 생각해 본다. 재원이랑 독서 하고 서로 나누는 시간도 있었다. 엄마는 엄마대로 독서를 통해 정리하고 있다. 책을 읽으면 지식이 생기는데, 무엇보다도 정리하고 보는 것이 최고다. 깊이 있는 독서를 하고 싶어서 이렇게 독후활동을 정리해 본다. 독자들에게 조금이나마 도움이 되었으면 한다.

　누구나 공감이라는 단어에는 가슴이 설렌다. 가을이 지나고 겨울을 맞이하는 것처럼, 인간은 계절에 민감하고 감성이 싹트는 날씨의 변화도 소설의 주인공처럼 스토리를 담은 이야기로 깊게 다가온다. 우리가 흔히, 보았다고 하는 소설 《빨간 머리 앤》을 보자. 초등학교 시절부터 필독으로, 아이들이 읽어왔던 명작이라고도 한다. 청소년 시절에는 좀 더, 친숙하게 책을 읽고 교훈을 찾아야 한다. 독서는 누구나 가능하다. 하지만, 독서의 방법에는 다양한 교훈과 배움이 있다. "무조건 책을 읽는다."라는 개념보다는 "어떻게 책을 읽을까?" 하는 도입이 필요하다.

《빨간 머리 앤》은 빨간 머리에 주근깨투성이인 고아 소녀 앤의 평범한 일상을 꾸밈없이 그린 소설이다. 이 작품의 배경을 보면, 작가인 몽고메리의 자전적인 이야기는 아니지만, 성장 배경이 몽고메리와 많이 닮아있다고 한다. 몽고메리가 직접 경험한 것을 바탕으로 쓰이고 있기 때문이다. 나도 어릴 적 성장 배경이 있다. 재원이도 전원주택에서 살면서 얼마나 많은 자연과 풀과 나무들을 보았을까 생각한다. 우리 시대에도 시골에 가면 소들이 있고, 풀을 뜯어서 먹이를 주었다.

작품의 배경이 되는 프린스에드워드섬은 몽고메리가 태어난 곳이며, 몽고메리도 앤처럼 평범한 가정이 아닌, 외조부의 손에 컸다. 그래서 앤의 평범한 일상이 독자들에게 더 설득력 있게 다가온다. 《빨간 머리 앤》은 출간되기까지 3년이 걸렸다. 캐나다의 여러 출판사에서 원고를 받아 주지 않아서 시간이 걸렸다. 2년 동안이나 다락방에 처박혀 있던 원고를 우연히 찾아낸 몽고메리는 다시 용기를 내어 미국의 한 출판사에 보내게 된다. 그곳에서 이 작품을 받아 주었고, 이렇게 하여 그 유명한 《빨간 머리 앤》이 탄생하게 된다.

우리가 쓰는 습작의 원고들은 언제 빛을 발할지 아무도 모른다. 나도 글을 쓰면서 다양한 장르의 습작들이 있다. 일정한 독서를 하고 본, 깨, 적, 독서법으로 정리하고 매일 일기장처럼 정리하는 독서법을 말한다. 책을 읽고 그 내용을 요약하는 것은 중요하다. 내용 요약뿐 아니라, 작가의 삶과 이야기를 통해 느낀 점과 비전을 제시하는 독후감을 써야 한다. 창의력을 키우는 것이 독서의 목적이니, 남보다는 다른 생각을 책을 통해 이끌어내는 과정이야말로, 독서의 기본 원칙을 준수하는 것이 된다. 《행복한 왕자》에서 주인공이 아낌없이 자신의 모든 것을 내어줄 수 있었던 이유는 세상을 포용하고자 하는 배려심에서 비롯되었다. 나보다는 남을 존중하는 자세를 배워야 한다. 그럴 때, 세상은 훈훈한 정감으로 서로 하나가 되어 간다고 본다.

재원이를 키우면서 좋았던 점은 무엇보다도 책을 가까이하는 아이로 성장해서 보람이 있다. 자식은 내 맘대로 못하는 게 '인지상정'이라고 하는데, 나에게는 행복인지 모르게 재원이가 잘 자라주어서 고맙다. 성장소설인 이 책도 그 내면에 포함한 이유 중, 가정이라는 큰 범주가 보인다. 가정의 중요성이다. 자녀를 양육하는 가정이다. 독서는 그만큼 경쟁력과 시대정신을 담고 있다. 《빨간 머리 앤》의 작가인 몽고메리는 캐나다 출신으로 1874년 프린스에드워드섬에서 태어났다. 어릴 적 가정환경이 좋지 않았다. 태어난 지 얼마 되지 않아 어머니가 세상을 떠나고 아버지는 재혼을 했다. 그래서 외할아버지와 외할머니 손에서 자라게 되었다. 어린 시절부터 몽고메리는 책 읽기와 글쓰기를 통해 외로움을 달래며 살았다. 인간은 누구나 외로움이 있다. 하지만, 그 외로움을 어떻게 달래고 사느냐에 따라서 발전이라는 도움 요소가 우리 곁으로 온다. 몽고메리는 15세에 지방 신문사에 시를 기고할 정도로 뛰어난 작품성을 보이고 있다. 대학을 졸업하고 몽고메리는 교사생활과 기자 생활을 했다. 문학에 대한 꿈을 버리기가 어려워 몽고메리는 다시 영문학을 공부하여 대학에 입학했다. 하지만, 얼마 지나지 않아, 외할아버지가 돌아가시자 몽고메리는 학업을 포기했다. 대신, 외할아버지가 물려주신 우체국 일을 하면서 글쓰기를 계속하게 되었다. 글은 연속성이다. 쓰다 보면 누구나 글이 늘어간다. 표현력도 좋아지고, 상상력과 사고력도 증가한다. 두뇌의 성장은 독서가 주는 효과처럼, 크다. 독서 나이는 12세 전후로 다 완성된다.

《빨간 머리 앤》의 탄생도 바로 이쯤이다. 외로웠던 소녀 시절의 경험을 바탕으로 1908년에 쓰여, 발표되자 폭발적인 인기를 얻고 몽고메리는 작가로서의 명성을 얻게 되었다.

《빨간 머리 앤》을 통해 본 독서의 교훈은 무엇일까?

⁑ 1. 포기하지 않는 인내와 열정이다.

소설에서 주인공 앤은 쉴 새 없이 떠들어대는 수다쟁이였다. 성격이 명랑하다. 불우한 환경에서 자라고 성장했으나, 그것을 극복하고 독서와 친구처럼 살아가는 앤의 성격을 본받아야 한다. 힘들수록 웃고 살아가는 현대인들에게 교훈을 준다.

⁑ 2. 독서와 글쓰기를 통해 꿈을 키우는 지혜를 말한다.

작가인 몽고메리는 독서를 좋아하다. 글쓰기를 병행하며, 습관의 중요성을 알아간다. 글은 언제나 진실하여 자신들에게 안식처가 되어준다.

⁑ 3. 앤의 천부적인 노력의 진행과정을 본다.

주인공인 앤은 공부를 잘한다. 매슈와 마릴라의 아낌없는 지지와 사랑을 받으며 똑똑한 숙녀로 자라는 앤은, 길버트와 나란히 1등으로 퀸스학교에 입학하는 모습을 본다. 앤은 1년 만에 교사 자격증을 획득하고 레이먼드 대학에 장학금을 받고 입학할 자격을 받는다. 한다. 하지만 진학은 못 하게 된다. 매슈의 죽음과 마릴라의 건강 악화 때문이다. 작가의 환경은 어렵지만, 탓하지 않고 작품으로 승화하는 몽고메리의 성숙한 작가의 모습은 독서에서 가장 많이 배우는 계기가 되었다. 《빨간 머리 앤》을 통한 몽고메리 작가의 삶은 청소년들에게 교훈을 준다. 청소년들이 우울하고 힘들어할 때, 앤처럼 힘을 내어 포기하지 않는 정신으로 세상을 살아가는 교훈을 이 책을 통해 얻게 된다. 나도 독서를 통해 사춘기를 보낸 경험이 있어서 공감이 간다. 독서는 문학을 이해하는 과정을 통해 성장한다는 것을 배우게 되었다. 내 아들, 재원이도 독서로 성장하는 그릇이 되길 소망한다.

좋은 글은 좋은 글감에서 시작된다

　행복한 글쓰기를 하려면 우선, 얼마나 독서력을 지니고 있는가를 보아야 한다. 자녀들이 어려서부터 책을 읽고 독서록을 쓰거나 독후활동을 한다. 이럴 때, 내 자녀가 얼마나 독서력을 지니고 있는가를 보아야 한다. 21세기를 살고 있는 지금 우리에게 중요한 것은 무엇인가? 자녀들이 훌륭한 대학과 자신이 하고자 하는 꿈들을 향해 나아가려면, 기본적으로 자기 정리가 필요하다. 자기 정리의 기본 원칙은 바로 독서에서 시작한다. 글쓰기가 중요한 이유도 바로 여기에 있다.

　재원이를 키우면서 내가 잘한 부분은 쉬지 않고 독서와 끈을 이어주었다는 것이다. 독서 선생님을 만남과 동시에 독후활동을 이어간 것이 지금 생각하면 잘한 일이다. 문학과 역사, 한국사, 고전에 이르기까지 재원이는 독서 하고 독후활동을 남기는 과정을 거쳤다. 지금까지도 반복적으로 독서 하고 토론을 병행하고 있다.

독서 효과를 추구하고 결실로 이끌기 위해서는 '좋은 글감 찾기'를 해야 한다. 책을 읽을 때, 우리는 어떤 책을 선택하고 준비해야 하는 가를 살펴보아야 한다.

** 좋은 글감을 발견하라

좋은 글을 쓰기 위해서는 튼튼한 집을 짓기 위한 준비가 있어야 한다. 좋은 재료로 지은 집이 튼튼한 것처럼, 글감은 집을 짓는 재료 이다. 글감을 모으기 위해 독서를 하고 사색을 하고 자연을 통한 현장을 둘러본다. 메모장이나 노트를 준비해 발견되는 소재들을 모으고 준비함으로써 글쓰기의 요소를 갖추어 나간다. 좋은 글감을 우리는 어떻게 발견할 것인가? 글감 발견의 원리와 기법을 알아보자.

1. 평소 주의를 끌었던 관찰에서 발견하자.
2. 문득 떠올랐던 아이디어에서 발견하자.
3. 기억 속에 맴도는 경험과 사유에서 발견하자.
4. 내가 품은 의문, 불만, 희망에서 발견하자.
5. 남에게 받는 질문에서 발견하자.

위에서 보듯이 글쓰기의 요소 중 좋은 글감을 생각하고 적용하여 다양한 장르의 글을 쓴다. 좋은 글감은 평소 독서와 더불어 내 주위에서 찾아야 한다. 멀리서 찾는 글감이 아닌, 내 자녀들, 가정, 학교, 취미, 생활, 직장 등 활동 범주에서 글감들을 끌어내어 써 내려가면 좋은 글감의 기본을 준비하는 것이다. 물론, 글을 배열하거나 순서 구성에 있어서는 문법을 준수하고 논술의 기본 원칙을 배워야한다.

** 글감을 끌어내는 원천을 알아보자

좋은 글감을 끌어내는 원천은 크게 4가지로 나눈다.

첫째는, 자신의 내부에서 찾는다.

둘째는, 남의 말에서 글감을 찾는다.

셋째는, 사실이나 객관에서 찾는다.

넷째는, 말뜻이나 원리원칙에서 찾는다.

(1) 자신의 내부에서 찾는 좋은 글감에는 무엇이 있을까?

일단, 경험이다. 지금까지 지나온 시간 동안, 자신이 겪어온 사건과 일들을 중심으로 사례를 만들고 글을 이어간다. 과거의 경험이나 내가 알고 있는 지식을 기반으로 한, 창조적 발상들을 포함해 글쓰기를 전개해 나간다. 연상되는 소재나 비유법을 활용한 탐색어도 가능하다.

(2) 남의 말에서 글감의 원리를 찾는다.

우리는 매일 다른 이들과 함께하는 공동체 사회를 살고 있다. 다른 사람들이 구사하는 말이나 행동들을 자세히 살피고, 격언, 속담, 명언 따위에서 글감을 찾는다. 다양한 속담과 말들을 통해 글감으로 이어지는 작업을 해야 한다. "호랑이 없는 산에서는 살쾡이가 호랑이 노릇한다"는 속담을 통해 비유적인 글을 전개해 나갈 수 있다. 다른 이들이 말하는 말을 우리는 가볍게 여기지 말고 기억해 좋은 글쓰기로 이어가야 한다. 남들을 귀히 여기면 내가 복을 받는다.

(3) 사실이나 객관에서 우리는 글감을 찾는다.

우리는 신문이나 뉴스들을 접한다. 무심코 지나치던 기사들을 보면서 얼마나 공감하고 살았는가? 자녀들이 독서를 하고 학교 수업을 듣는다. 이럴 때 추가적인 독서 효과를 주는 것이 바로 신문 사설과 뉴스 기사이다. 다양한 기사들을 접하고 신문 사설들을 읽다 보면 우리는 창조적인 인재가 되어간다. 신문 사설과 칼럼은 사회적인 사건으로 다루고, 장래의 희망은 통계수치로 점칠 수 있다. 무엇을 어떻게 준비하고 실행하느냐에 따라 독서가 주는 의미뿐 아니라 글쓰기도 다르다.

(4) 말뜻이나 원리에서 글감을 찾는다.

"문장이란, 생각을 틀로 짜 보이는 하나의 건축물이다."처럼 우리가 올바른 건축물을 짓기 위해서는 바로 좋은 재료의 글감을 찾아야 한다. 그런 면에서 보면, 우리는 글쓰기에서 누구의 말이나 그들이 주장하는 원리들에 대해 깊게 들여다보고 적용하는 자세가 필요하다. 글쓰기에서 전개성이 중요하다. 말을 잘 구사하는 것도 좋지만, 좋은 글을 잘 전개해서 써 내려가는 것이 더더욱 중요하다. 청소년들에게 필요한 논술 구사력 부분이 있다.

첫째는 고전과 역사탐독이요.
둘째는, 문학과 글쓰기의 적용이다.
올바른 글쓰기를 지도함에 있어 우리는 분명한 독서 철학이 있어야 한다. 우리의 독서 철학은 기존 이론이 아닌, 실학을 추구했던 조선 후기 정조 시대의 일득록 독서법이다. 실천 독서이다. 현장에서 발표하는 리더십 인재로 지도하는 논술 구술법 독서 지도에 있다. 실천하는 독서, 적용하는 독서, 발표하는 독서, 공모하는 독서법을 추구한다. 이제는 21세기 미래의 주역! 내 자녀 독서 코칭을 바로 준비할 시기다. 놓치지 말고 최선을 다해 내 자녀를 독서 하는 아이로 키워보자. 하루에 30분씩 책을 읽어주고 부모가 함께 질문을 해주면 된다.
부모의 역할을 충실히 하고 있는가?

"책을 읽으면 사고가 바뀌고 행동이 바뀌고 미래가 바뀐다고 한다."

창조적인 사람은 무엇을 들으면 그것을 반드시 실천하고자 한다. 반대로 무관심한 사람들은 아무리 진리를 보여주어도 그것을 실천하지 않는다. 아이들에게 상상 그 이상의 감성과 사고력을 주기 위하여 부모가 해야 할 일은 무엇인가? 폭넓은 책 선정과 아울러, 그 책들을 활용하도록 돕는 '독서의 장'을 만들어 주어야 한다. 사회, 과학, 문화, 미술, 전래동화에 이르기까지 다양한 분야의 독서를 경험하게 자녀들을 이끌어야 한다.

좋은 책 선정은 아이들의 미래를 좌우한다. 예를 들어, 레이첼 브라이트 작가의 세계창작동화 그림책 《꼼짝 않기 대장, 케빈》을 소개해본다. 나무만 좋아하는 주인공 케빈은 여러 동물 친구들의 격려에도 불구하고 나무 아래 세상에 대한 두려움이 있었다. 자신감이 없던 케빈은 친구들과 놀고 싶어도 용기가 나지 않아 망설인다. 어느 밤 잠들었던 케빈은 이상한 소리에 눈을 뜨고 깜짝 놀란다. 딱따구리가 나무를 쪼아 대는 통에 조금 후면 나무가 쓰러질 위기에 처한다. 케빈은 동물 친구들이 부르는 소리에도 불구하고 나무를 붙잡고 쓰러지는 나무를 타고 내려온다. 눈을 뜬 케빈은 처음으로 친구인 웜뱃이 내민 손을 덥석 잡는다. "케빈, 우리랑 함께 놀지 않을래?" 친구 딩고의 물음에 케빈은 "난, 할 수 있어"라고 자신 있게 말한다. 케빈은 그때부터 용기 있는 동물 친구가 되었다.

누구나 새로움을 창조한다는 것은 무엇일까? 영국 사람들은 자신을 창조에 강한 사람이라고 말한다. 그것은 어려서부터 체험적인 삶과 자연을 통한 지식토론이 가능하기 때문이다. 미래를 창조하고 우리 가정에서 부모가 독서로 리드하는 문화를 만든다면, 대한민국의 독서 트렌드의 다변화를 가져온다. 우리가 아이들에게 도서를 선정하는 주제에는 여러 가지가 있다. 우리 아이들에게 올바른 가치관과 습관을 키워주는 생활 동화, 공동체 의식을 키우는 온 가족 행복 동화인 인성 동화, 보고, 느끼고, 표현하고, 명화를 통해 가족과 한 시대의 다양한 문화를 만날 수 있는 미술 동화, 자신감을 키워주는 우리 아이 사회성을 키워주는 사회성 동화, 우리 아이를 건강하고 안전하게 키워주는 안전 동화, 깊고 넓은 생각을 전달하는 탈무드 동화, 환경을 사랑하는 아이들의 진심 어린 마음 책인 환경 동화, 무궁무진한 상상의 세계로 모험을 떠나는 판타지 동화책, 과학의 원리를 쉽게 활용하고 질문을 던지는 과학 동화, 맛있는 요리를 통해 세상을 만나는 요리 동화, 등등 다양한 주제로 보는 동화책 고르기 시간에는 우리 가족의 소중한 행복을 선물한다.

가정에서 부모의 역할은 무엇인가?
1. 올바른 동화책을 선정하는 역할의 부모가 돼라.
2. 아이들과 하루 10분 정도 대화를 나누는 아빠가 돼라.
3. 아이들에게 칭찬과 격려를 자주 해 주는 엄마가 돼라.
4. 창의적이고 논리적인 사고를 갖도록 독서시간을 만들어라.

5. 체험학습을 늘리고, 자연을 감상하도록 1주일에 한 번은 야외로 나가라.
6. 일기장을 만들어 매일 주제를 쓰는 간단한 일기를 쓰자.

　창조적인 아빠, 엄마가 되기 위해서는 이제 부모들도 열심히 독서를 해야 한다. 간단한 메모부터 습관화하여 아이들에게 희망과 꿈을 키우는 부모가 되길 소망한다.
　재원이를 보면서 창조성을 생각한다. 독서를 하고 창조 기능이 좋아졌다.

창의력으로 독서에 승부하라

아침에 눈을 뜨면 전원에 피어 있는 화초들이 방긋 웃는다. 집 주위에 들러있는 나무들의 초록이 생긋하다. 대문에 걸쳐있는 포도나무들의 열매도 가을을 준비하는 모습이다. 맑은 공기로 아침을 맞는 오늘은 새로움을 창조하는 독서의 분위기와 같다. 재원이도 아침을 준비하며, 하루를 독서로 시작한다. 오늘은 어떤 일들이 우리를 맞이할까 생각해 본다.

흔히들 창의력 하면 무엇을 창안해내는 힘, 또는 새로운 것을 발견해 내는 능력을 말한다. 어떠한 사물을 보고 그것을 유추하여 다른 이들보다 더 새로운 것을 알아내는 능력을 말한다. 사과를 예로 들면 우리는 맛있다, 달콤하다 등으로 말한다. 색깔은 빨간색이며 백설 공주 동화를 연상하기도 한다. 그러나 창의력으로 사과를 이야기할 때 '사과'는 어떠할까? 사과를 통한 이면에 담긴 스토리를 말해야 한다.

사과를 통한 추억과 독서에서 본 이야기들을 전달하고자 했을 때 우리는 사과를 아주 맛깔스럽게 그릇에 담아서 표현한 과일이다. 국어 사전의 의미를 뛰어넘어 나만의 생각과 글로써 표현하는 재주이다.

아이들이 7월의 여름에 무엇을 생각하고 볼까? 주변에 있는 다양한 환경들을 보고 호기심 있게 관찰하고 연구할까? 물론, 그렇게 하면 최상이긴 하지만, 다 그렇진 않다. 아이들이 알고 싶고 배우고 싶고 관찰과 적용하고 싶은 단어나 문장의 표현은 얼마든지 있다. 문제는 어떻게 접근하고 표현하느냐는 것이다. 자연 속으로 나가 원두막에서 참외나 수박을 보고 와! 감탄하는 아이들을 우리는 상상해본다. 인간의 모든 창의력의 기본은 자연에서 시작한다. 인간이 누리는 환경 속에서 창의력을 발견하는 지혜가 필요하다. 솔방울, 잣나무, 아카시아, 도토리나무, 유칼립투스 나무 등등 자연에서 자생하는 나무들을 보고 아이들은 창의력을 발견한다. 여러 나무의 생김새와 향기를 보고 꽃잎들의 열매나 향취를 보고 자신의 모습을 연상하며 발견한다. 수량이 200년 이상 된 은행나무를 보며 인생의 나이에 대해 생각한다. 무엇을 깊게 생각하고 머무르게 할 수 있는 매개체들을 모으고 준비해야 한다. 소재라고 말하고 글감이라고 말하기도 한다. 누구나 글을 쓰는 재주를 타고났으나, 문제는 접근방식에서 포기하고 실행하지 않기에 시작도 못 한다는 것이다. 이러한 부분에 대해 함께 고민하고 토론하는 독서 모임을 제안한다.

토머스 에디슨의 질문에는 늘 긍정적인 마인드가 있었다. 근본적인 독서광인 데다 어머니의 독서 철학을 배웠으니, 얼마나 더할까? 우리는 어머니의 역할을 강조한다. 아이들에 있어 엄마는 소중한 나침판이다. 열 달 배 속에서 엄마 사랑을 느끼고, 처음 아빠라는 존재를 만나고 사랑하기까지는 엄마가 들려준 이야기들이 많다.

창의력 발달에 우선한 기본은 무엇일까?

1. 질문을 던져라.

아이들이 책을 읽고 그 안에서 질문을 적어 보는 독서법을 추천한다. 동화책을 읽고서 3가지 질문지를 만들어보자. 이 책에서 말하고자 하는 주제는 무엇인가? 이 책에서 선과 악은 무엇인가? 주인공이 왜 고통을 당했을까? 이상의 3가지 질문에 답하고 정리하는 독서를 하다 보면, 호기심을 통해 창의력을 개발한다.

2. 자연을 즐겨라.

아이들과 들판이나 산책길에서 자연을 보여준다. 개미들의 부지런함과 질서를 통해 아이들의 습관을 돌아본다. 매미가 우는 울음소리를 듣고 아이들의 입장을 물어보고, 개천에서 울어대는 개구리 소리나 물고기들을 보고 고향의 정겨움과 가족의 사랑을 전달한다. 호숫가를 걸으며 햇살의 아름다움과 수초가 떠 있는 호숫가 풍경을 통해, 아이들의 감성을 들어본다. 인간이 가장 위대함은 자연을 느끼는 존재라는 것을 알려 준다.

3. 독서 체험을 하라.

책을 통해 듣고 배운 것을 직접 현장에 가서 보여준다. 역사체험관이나 박물관, 독립기념관 등등 책을 보고 현장을 통해 자신감과 역사관을 심어준다. 청주에 있는 고인쇄 박물관을 보여주고 우리나라 조상들의 인쇄 기술을 통해 자긍심과 조상들을 이해하도록 도와준다. 이처럼 가을의 햇살은 창의력을 키우기에 아름다운 시간이다. 도전하고 독서 하고 글쓰기를 시작해 보는 것은 어떠할까?

독서로 키우는 다문화 사회 적응력

4월이다. 벚꽃들과 활짝 피어오른 개나리, 진달래, 목련 등 길을 걷다 보면, 시야에 다가오는 봄의 인사들이 기분을 상쾌하게 만든다. 아침에 차 한 잔으로 가슴을 울리는 독서의 한 구절이 있다. 말하지 않아도 독서로 시작하는 사람들을 본다.

✽✽ 독서란 무엇인가?

독서에는 내가 알지 못하는 강한 큰 힘이 있다. 이것은 직접 책을 통하여 경험하고 만나고, 지식을 받을 때 느낄 수 있다. 책을 읽다가 공동체를 알게 되고 지구촌에 살아가는 사람들의 모습을 배우고 적용하게 된다. 급변하는 현대사회에 우리는 살고 있다. 우리의 삶 중심에 인종과 피부색이 다른 이민족이라 부르는 다문화인들이 있다. 다문화인들이 우리 사회에 증가함으로써 소위 3D업종(제조업, 광업, 건축업)에 종사하므로 현대 젊은이들이 기피하는 생산직을 다문화인들이 차지하고 있다. 중소기업에서는 생산인력의 어려움을 해결하는 긍정적인 시너지 효과가 있지만, 다른 측면에서는 우리나라의 고질 병폐인, 고학력 실업자 양산이라는 새로운 문제점을 일으키는 계기가 되기도 한다. 다문화인들이 가정을 갖게 되면서, 사회 병리 현상이 일어나고 있다. 마약중독, 살인, 절도, 소매치기 등 범죄와 위장 취업과 위장 결혼으로 인한 가정 파괴범들이 늘어나고 있다. 하지만, 이런 부분만 보고 그들을 평가해서는 안 된다. 긍정적인 면도 없진 않다. 우리 사회에서 다문화 가정의 중요성과 아이들의 성장에도 큰 변화가 있다. 인종과 피부색은 이제는 보편화 되어가는 국제적인 표준이다. 방송이나 매체에서도 우리는 다문화인들을 쉽게 접한다. 생활 속에서 대화와 구성원으로서 귀하고 가장 친한 친구이다. 이제는 국가적으로 다문화 프로그램이나 역할을 강조한다. 생각은 세상을 바꾸고 독서는 그 생각을 뒷받침한다. 우리나라에 가장 잘 되어 있는 독서문화를 잘 활용하여 함께하는 독서문화를 만들어야 한다.

현재, 농촌 총각들의 결혼 풍속도가 바뀜에 따라 많은 다문화 여성들이 국내에 들어와 가정을 이루고 있다. 그들이 우리 사회에 들어와 생활함으로써 새로운 풍속도가 생기고 있다.

첫째는, 현재 대부분의 농촌의 초등학교가 다문화 어린이들로 채워지고 있다는 점이다.

둘째는, 출산율 저하로 인해 고통받고 있는 우리나라의 저출산 문제를 그들이 들어와 가정을 이루면서 해결해 주고 있다는 점이다.

셋째는, 다문화인들로 인해 한국의 모습이 세계에 알려지고, 한국이 그들 나라에 동경의 대상이 되고 있다는 점이다.

이제 우리 사회는 다문화인들에게 다가서야 한다. 그들을 우리 사회의 한 구성원으로 받아들여야 한다. 국가적인 차원에서 그들을 위해 복지정책을 시행하고 있지만, 아직 미비한 수준이다. 우리나라가 선진국이 되기 위해서는 인권 유린이 없는 동등한 사람으로 그들을 바라보는 시선이 필요하다. 독서력이 향상하도록 국가적인 지원과 프로그램도 필요하다. 다양한 사람들의 공간이 지구촌이라면, 이제는 차분한 독서공간을 준비하고 한국인으로서 자부심과 긍지를 키워야 한다.

다문화인들이 우리 사회에 잘 적응하기 위해서 두 가지 개선점을 제시하고 싶다.

첫째는, 다문화인들을 위한 쉼터를 다양하게 제공해야 한다고 생각한다. 전국적으로 다문화 쉼터가 있다. 하지만, 아직까지는 제대로 복지정책이 시행되고 있지 않다. 일자리 제공, 여성 다문화 강좌개설, 한국어 배우기, 의료서비스, 다문화 자녀교육 등 우리 사회가 준비해야 할 일들이 많다.

둘째는, 다문화 가정과 한국인들 간의 교류 확대가 시급하다고 생각된다. 주위에 소외되어있는 다문화 어린이들의 그늘진 얼굴을 본다. 다가서기가 필요하다는 증거이다. 선입견을 버리고 지난날의 우리나라의 과거의 모습을 돌이켜보면, 우리도 그랬다. 다문화인들과 마찬가지로 가난한 사회가 있었다. 과거를 직시하고 그들에게 다가가 포용하고 따뜻한 한국인의 자화상을 심어주어야 한다.

끝으로, 초등학생의 동시 한 편을 소개한다. 코로나19로 우리 사회의 웃음이 사라지고, 힘들게 살아가는 요즘, 동시로 웃음을 찾아본다. 다문화 가정의 아이들에게 희망과 비전을 독서로 세우길 바란다.

우리 가족

멋쟁이 우리 아빠
요리 잘하는 우리 엄마가
만들어 주신
든든한 아침 드시고
회사 가는 길은
룰루랄라

똑똑한 우리 누나

툭하면 버럭버럭

서로서로 툭툭 싸우지만

하나밖에 없는

우리 누나는

신데렐라

힘들어도 하하하

돈 없어도 호호호

우리 가족 최고야

▽
▼
▽

❊ 세계문학을 정복하는 지혜 독서

소설은 분명, 독자에게 정서적 안정과 기쁨을 준다. 소설을 읽다
가 눈물도 보이고 가끔은 지난날의 추억에 사로잡혀 시간을 보내기
도 한다. 어려서부터 우리는 명작이라는 세계문학을 접해 왔다. 시
간이 흘러도 변하지 않는 문학의 범주에 우리는 찬사를 보내고 세상
을 바꾸는 수많은 일화가 유럽에는 즐비하다. 영국이 낳은 세계적인
극작가이며, 희극과 비극을 포함한 38편의 희곡과 2편의 이야기 시
집, 154편의 소네트집을 발표했다. 영국은 셰익스피어를 "금세기 최
고의 가치를 지닌, 그 어떤 나라와도 바꾸지 않을 귀한 보석"이라고
선언하고 문학의 가치를 세계에 알렸다. 셰익스피어의 문학적인 가치
는 참으로 대단하다. 인도와 바꾸지 않겠다고 선언한 영국은 문학으
로 자리를 잡고 국가의 중대사를 결정하는 요인으로 서 있다. 그렇
기에 물리학이나 문학의 저변지가 영국이 되는 것이다.

상대성 이론을 발견한 아인슈타인은 유대인인 아버지와 독일인인 어머니에게서 태어나 가톨릭 신자로서 사명을 다하며, 스위스와 미국을 근거로 해서 자신의 꿈을 펼치던 과학자이다. 아인슈타인이 좋아했던 수학과 과학의 기초는 무엇이었을까? 질문과 실험, 관찰을 통해 아인슈타인은 대단한 집념을 보인다. 독서를 통해 과학의 발전을 이끌었던 과학자 아인슈타인은 다양한 문학에서도 독서의 폭을 넓힌다. 20세기에 별처럼 수많은 위대한 과학자들이 나타났다. 그 가운데 다수를 차지한 유대인들은 우리가 잘 아는 것이다. 얼마나 유대인들이 지식적으로 뛰어난 민족인지 탈무드 동화를 통해서 알고 있다. 그런 유대인의 후손이 아인슈타인이다.

독서 철학을 배우고 공유한다는 것은 놀라운 가치다. 물리학의 자존심이라 불리던, 독일도 어쩔 수 없던 아인슈타인의 과학에 대한 집념을 포기하지는 못했다. 광양자설, 브라운 운동의 이론, 특수 상대성 이론 등을 연구하여 1905년에 발표했다. 1916년에는 일반 상대성 이론을 발표해 미국 원자폭탄 연구인 맨해튼 계획의 시초를 열어 주었다. 또한, 통일장 이론을 발표했다. 수학과 물리학의 선구자이던 그가 가장 강조한 부분은 바로, 독서와 실험정신이다. 탐구를 좋아해서 책을 보고 실행하는 과학의 본질을 연구하고 상대성 이론을 정립하는 계기가 되었다. 독서 철학은 무엇보다도 중요하고 문학은 그보다 더 중요하다.

19세기 러시아 문학의 거장으로, 《전쟁과 평화》, 《안나 카레니나》 등의 작품을 남겼던 소설가 톨스토이를 향해 러시아는 그 무엇과도 바꾸지 않는다고 말한다. 《사람은 무엇으로 사는가?》, 《부활》 등 화려한 작품들을 출간하여 인류에게 큰 읽을거리를 제공한 문학가 톨스토이의 삶을 보더라도 노벨문학상을 받지 못했지만, 그의 작품을 통한 문학세계를 모든 독자는 물론, 러시아가 가장 자랑스럽게 여긴다. 그만큼 문학사적 가치를 충분하게 느낄 수 있도록 준비되어 글을 써 왔다는 반증이다. 이것은 어떤 상을 받고, 안 받고의 문제가 아니라, 작품을 통한 독서의 깊이를 보여주는 예라고 본다. 러시아는 귀한 국보급 영광을 지니고 있는 것이다. 톨스토이가 쓴 책들만 모아도 도서관 하나를 가득 채우는 분량이라고 하니, 얼마나 많은 책을 써 내려왔는지를 알 수 있다. 작가는 저서를 통해 세상을 알아 간다.

청소년들이 무엇을 추구하고 있는가? 고전과 명작을 정복하고 있는가? 세계문학의 기초를 어느 정도 파악하고 교과서를 공부하고 있는가?

적어도 가장 기초가 되는 작가와 인물들과 작품 서너 편을 알고 있는가?

위 질문에 대한 답은 참으로 심각한 수준이라는 것이다. 독서가 왜 중요한지는 알고 있다면, 이제부터는 문학을 통한 독서의 깊이에 빠져 들어보자. 분명, 소중한 지혜와 문학의 세계를 통하여 진리를 발견하고, 꿈과 이상을 발견하는 아름다운 디딤돌이 될 것이다.

✳✳ 글쓰기의 비전을 품어라

처음에 글이라는 것을 몰랐다. 책을 읽고 그 개념을 파악하고, 정리하는데도 시간이 걸렸다. 하지만, 반복적으로 독서를 하고부터는 생각이 달라졌다. 글이란 무엇인가를 보이기 시작했다. 습작을 통해 메모하고, 독서일기를 쓰면서부터는 글쓰기가 쉬워졌다. 누구나 그렇다. 처음에는 어렵고 힘들어도 포기하지 않는 정신으로 다가서면, 보인다. 바로, 글쓰기가 그렇다. 글을 쓰기 위해서는 반드시 독서가 선행되어야 한다.

창의적인 독서를 위한 우리들의 생각은 발전이다. 무언가 진보적인 독서문화를 위해 우리는 무엇을 하고 있는가? 독서법은 창조적인 발상 전환과 더불어, 온전한 독서이다. 자녀들이 어려서부터 생각하는 독서는 주입식에 걸맞은 독서라 본다. 서양에서 부르짖는 창조적인 독서와는 아직 차이가 있다. 책을 읽어도 무슨 뜻인지조차 구별하기 어려운 독서가 현실이다. 자녀가 올바른 독서를 준비하고 실천하기에는 시간이 필요하다. 현실적으로 우리 사회에서 독서는 비중을 크게 차지한다. 독서의 중요성을 알고 있지만, 실천하지 못하는 문제는 그만큼 지식 기반 사회라 부르지만, 아직도 인식하지 못하는 독서 저변화 확대에 걸림돌이라 할 수 있다.

글쓰기는 무엇인가? 창의적인 글쓰기를 보자. 누구나 인간은 글을 쓴다. 올바른 글도 있고 그렇지 못한 글도 있다. 사색과 독서로 매일 생각하며 글을 쓴다. 인생을 그리다가, 추억을 그리기도 하고, 소설을 읽다가 감동적인 구절에서 글을 시작해본 경험도 있다. 일상생활을 소재로 처음 글을 쓴다. 하루 24시간의 흐름을 기억하며 진술하게 소재를 정해 글을 쓴다. 인간이 살아가는 과정에서 글쓰기는 매우 중요하다. 자기 정리가 되고, 자서전이나 전기문을 통한 또 다른 자아를 발견하는 장이 되기도 한다.

최근에 독서는 어떨까? 변화하는 21세기에 비추어 볼 때, 독서가 주는 효과는 지대하다. 방송이나 신문에서도 보듯, 독서를 통한 다양한 이야기들을 다루고 있다. 역사저널이라든지, 역사스페셜, 인물탐구, 기행독서, 문화 속으로 떠나는 여행 등 문화와 산업이 성장하는 데에는 반드시 독서가 자리 잡고 있다. 아이들도 토론식 독서를 선호한다. 주어진 문답을 말하는 형식이 아닌, 기발한 아이디어를 창안한 독서를 가지고 질문하는 토론을 구사한다. 우리나라는 철학과 사상이 풍부하다. 생각하는 힘! 동양철학을 기억한다. 서양철학보다도 더 크고 위대한 동양철학이다. 마음을 모으는 공 사상을 기초부터 독서로 배우는 철학은 가장 고상한 놀이이다. 독서를 놀이처럼 생각하라는 의미이다. 독서를 하면서 혼자 생각하는 힘이 생겼다.

독서와 융합되는 글쓰기의 3단계

1. 착상단계를 거쳐라.
....

그렇다. 누구나 생각하는 힘이 있다. 글쓰기에서 중요한 자료수집에는 착상이 있다. 착상은 무엇인가를 떠올리는 작업이다. 에디슨을 기억한다면, 발명왕 에디슨이라고 생각한다. 착상은 또 다른 에너지를 가져온다. 독서에 있어서 도입이라 부른다. 글을 쓰기 위한 배경이라고 본다. 섬마을에 대해 글을 쓴다면, 섬에 대한 조사와 더불어, 체험적인 과정을 그리고 왜, 그 섬에 가보고 싶은지를 말해야 한다. 행복을 심어놓고 왔어요, 라고 섬에서 누리는 스토리를 전해야 한다. 글을 쓰기 전, 착상은 무엇보다 중요하다.

2. 정리단계를 거쳐라
....

착상을 준비했다면, 이제는 자기 정리다. 정리를 통해 이제 글이 준비되어 진다. 올바른 글의 흐름이 없어도 일단, 정리를 시작해야 한다. 착상만 해두고서 시간을 놓치는 경우도 있다. 정리를 할 때는 3단 과정이 좋다. 서론, 본론, 결론 형식이다.

서론에는 왜, 책을 읽어야 하는지 그리고, 책을 읽게 된 배경을 설명해야 한다. 글쓰기에서 가장 효과적인 단계는 정리단계이다. 스토리를 담을 수 있고, 구상을 실천하는 길목이다. 독서를 통해 내공을 시험할 무대이기도 하다. 정리단계에서는 서론, 부분도 중요한 의미를 지닌다. 본론에는 책을 읽었던 내용 중심으로 기술하면 된다. 중심 내용이 무엇인지를 써 내려간다. 소설이나 수필을 적을 때에는 구상하는 작품을 놓고 어떻게 내용을 넣을지를 고민하는 단계이다. 전체적인 틀을 놓고 본론에서는 무게 중심을 높이는 것이다. 〈행복한 왕자〉를 읽었다면, 행복한 왕자의 눈물을 보고 그 이유를 써 내려가도 좋다. 논설문이나 생활문을 써 내려가면서 주제에 맞는 글을 정리하고 주인공 내면을 그리는 정리 글쓰기가 좋다.

마무리 단계에서는 큰 밑그림으로 결론을 맺는다. 책을 읽었다면 글쓰기에서는 읽고 난 느낌이나 비전들을 제시하고 행복한 글을 통해 자신감을 성취해야 한다. 글의 마무리이기에 자신 생각과 비전을 제시하고 글을 통해 본 느낌을 적는다. 무엇보다도 객관성이 나타나도록 글을 정리하는 게 중요하다. 전반적인 글을 파악하고서 정리하는 과정이기에 마무리는 확실하게 비전을 제시한다.

3. 퇴고단계를 거쳐라.

....

글쓰기에서 퇴고는 매우 중요하다. 글을 다듬고 조합하는 과정이다. 미래를 제시하는 비전을 품고 퇴고를 해야 한다. 집중도를 높이고 맞춤법, 띄어쓰기, 교정 등을 세심하게 보고 마무리를 해야 한다. 글은 우리에게 주어진 큰 사명이다. 올바른 글쓰기를 위한 특강도 들어보고 준비해야 한다. 글을 쓰고 퇴고는 10번 이상을 권한다. 쓴 글을 보고 반복적인 글을 표현하는 길이다. 세종대왕이 가장 잘한 부분도 퇴고다. '훈민정음'을 창제하실 때도 실험을 통해 꼼꼼하게 퇴고를 했다. 어린이와 어른들을 대상으로 보고 또 보고 반복적인 퇴고와 연습을 통해 훈민정음이 나온 것이다. 《농사직설》이라는 농사에 관한 책도 세종대왕이 직접 체험을 통해 똥바가지를 지고 농사를 지어보고, 농부의 심정으로 나온 책이다. 이처럼 퇴고는 글쓰기에서 큰 의미를 차지한다. 나도 퇴고를 10번 이상 한다. 좋은 글일수록 퇴고를 반복한다고 한다. 글쓰기의 비전을 가져라. 글은 세상을 감동의 바다로 이끈다.

시를 쓰고 싶다면

　시의 3요소는 운율, 심상, 주제이다. 시는 함축적인 이미지를 사용하여 언어의 조합을 간단하고 명확하게 내포하는 의미가 있다. 그래서 시는 누구나 쓰지만, 올바른 시는 습작과 훈련을 통해 퇴고를 거쳐 완성한다. 책을 읽다 보면, 정말 좋은 시를 접하게 된다. 감성을 보이는 시는 사람들을 그 안으로 초대한다. 함축적인 이미지와 리듬감으로 초대한다. 누구나 학창 시절에 시집을 들고서 읽어보았을 것이다. 시가 주는 교훈과 가르침도 크다. 그런 면에서 시 창작을 시작하기에 앞서, 좋은 시의 조건 몇 가지를 보고자 한다. 나도 조금씩 배운다.

　첫째, 무엇보다도 감동을 주는 시다. '참 그렇구나' 하고 마음에 찡하게 느껴지는 시라야 진짜 시라고 할 수 있다. 시는 독자들에게 감동을 주어야 한다. 정서적으로 교감을 주는 게 시다. 언어의 조합이기에 시는 예술 최고봉이다.

둘째, 쉽게 읽히고 자연스럽게 느껴지는 시다. 어려운 말을 쓰거나 머리로, 꾀로, 재주로 만들어 내었다는 느낌이 들어서는 안 된다. 머리로 꾸며 만든 것은 삶이 없으니 재미고 감동이고 우러날 수 없다.

셋째, 자기만의 느낌이 나타난 시다. 남의 말이나 생각을 흉내 내지 않고 지금까지 아무도 쓰지 않았던 것을 써야, 싱싱하게 살아있는 시가 된다. 시는 시인의 생각을 보여주는 것이다. 화자의 처지와 상황을 보고 청자는 공감하고 전달한다. 자기만의 색깔을 가지고 있는 시는 최고의 가치를 구현하는 시다.

넷째, 자기의 말로 쓴 시다. 우스갯말, 수수께끼 놀이 말, 신기한 말, 아름다운 말, 고상한 말을 늘어놓으려 하지 말고 자기 생활에서 쓰는 말 그대로 쓴 시가 좋은 시다. 솔직하고 담백하게 서정성을 그리고, 묘사하고자 하는 시대를 조합하는 게 시다. 남에게 보여주기 위한 시는 별로다.

다섯째, 조금이라도 형식에 얽매이지 않고 자유롭게 쓴 시다. 길게 쓰든지, 이야기 글 같이 쓰든지 마음대로 쓰도록 하되 꼭 하고 싶은 말만을 써야 한다. 시는 독창성을 보여준다. 화자는 시어를 선택하는 데 있어 자유롭게 언어를 구사해야 한다. 시는 자유로움을 전제로 하되, 운율을 무시하면 안 된다.

시의 흐름을 알아보는 눈

  우리는 언어를 어떻게 보는가? 재원이와 어려서 시장에 가면, 아이는 시장의 풍경을 이야기하고자 한다. 그리고 시장에서 보는 눈으로 질문을 던진다. 언어의 조합이 시라면, 우리는 그 시를 위해서 주변의 시각을 잘 살피는 지혜가 필요하다. 재원이도 그런 면에서, 준비하고 있다. 관찰자의 마음으로 궁금함을 풀어가는 시간이 필요하다.

  좋은 시를 쓰려면 우선 순수하게 자기 주변을 바라보는 마음의 눈을 가져야 한다. 자기가 보고 느낀 감정을 그대로 옮기는 일이 첫 단계이며 가장 중요한 점이다. 다음에는 조금 더 문학적인 글을 만들기 위해서 자기의 느낌을 큰 폭으로 나타내기 위한 상상력을 보태야 한다.

  터무니없는 공상을 하면 곤란하지만 자기가 느낀 느낌, 생각을 바탕으로 좀 더 '재미있는 생각들(표현)'을 머릿속으로 생각해 보라는 것이다. 억지로 정리한 말은 어딘가 어색하다. 그러나 재미있는 생각(표현)을 풍부히 가지고 있는 글은 읽는 사람도 재미있게 읽고 감동하게 된다.

이것이 글짓기의 두 번째 단계다. 다음에는 이왕이면 말을 골라서 써야 한다. 글은 간결하게 줄여서 표현하도록 애를 써야 한다. 이것이 세 번째 단계이다. 마지막으로 같은 말을 쓰더라도 순서를 바꾸어 본다든지 또는 여러 가지 표현 방법을 연구해서 보다 신선하게 감동을 줄 수 있는 방법을 찾아보는 게 좋겠다. 이런 것을 문학 하는 어른들은 '수사법'이라고 말하며 매우 소중하게 여긴다. 그러나 무엇보다도 바탕이 되어야 하는 것은, 처음에 이야기했듯이 순수함으로 주변을 바라보고 느낄 줄 아는 마음의 눈이다.

이 세상에 태어난 모래알은 하나도 똑같은 것이 없다. 모래밭 가운데 어느 것 하나를 골라 살펴보아도 신기할 만큼 모래는 모래 한 알로서의 제 모습을 갖고 있다. 모래는 모래이지만 조금씩은 다른 얼굴의 모래인 것이다. 마찬가지로 그 얼굴이나 마음을 똑같이 지니고 세상에 태어난 사람은 하나도 없다. 설사 쌍둥이 형제가 있다 하더라고 그 얼굴, 그 마음은 각기 다를 수밖에 없고 또 다른 것이 당연한 이치인 것이다. 따라서 한 송이의 나팔꽃을 보고 가지게 되는 느낌이나 생각을 시로써 표현할 때는 말할 것도 없이 제각기 다른 표현, 다른 내용의 글이 될 수밖에 없는 일이다. 한 사람이 쓰는 글이라 해도 그 사정은 같다. 시간에 따라서나 장소에 따라서는 얼마든지 다른 글이 쓰일 수 있다는 것이다. 말 한마디, 한마디에 이르기까지 그만큼 많은 변화가 있을 수 있는 것이 글이며 그렇기 때문에 하나의 제목을 가지고 글을 쓴다 해도 글은 사람마다 모두 다른 것이며 또 달라야 하는 것이다. 만일 세상 사람 모두가 다 똑같은 표현, 똑같은 내용의 글을 쓴다면 세상에는 글 쓰는 사람 대표로 한 사람만 있으면 그만이지 그렇게 많은 글 쓰는 사람들이 존재할 필요가 없는 것이다.

누가 쓰든지 한 송이의 나팔꽃에 대한 글은 '그 사람의 나팔꽃'에 대한 마음을 표현하는 것이지 누구나가 다 말하고 있는 '나팔꽃'에 대한 일반적인 마음을 글로써 옮기라는 이야기가 아니다. 그렇기 때문에 글감은 사람의 수효나 모래알의 수효만큼 많은 것이다. 글감이 없어서 글을 못 쓴다는 얘기를 하는 사람은 '나의 이야기'를 쓰지 않고 '남의 이야기'를 흉내 내려고 하기 때문에 글감이 없어 보이는 것이다. 글감에는 '나팔꽃'처럼 눈에 보이는 글감도 있지만, 눈에 보이지 않는 글감도 얼마든지 있다. 어느 경우의 글감으로 글을 쓰든 글감을 죽 늘어놓았다고 해서 글이 되는 것은 아니다. 글은 반드시 글감들을 마음속에 담아서 나만이 지니고 있는 소리와 빛깔이 배게 하여 분명하게 그려내야 하는 것이다. 그러나 무엇보다도 머릿속에 담아 두어야 할 것은 솔직하게 글을 지어야 한다는 것이다. 아무리 아름답게 꾸미려고 애를 써도 솔직하게 쓰지 않은 글은 분명히 일부러 꾸민 자국이 드러나게 되고 마는 것이다. 그런 글은 정다움도 친근감도 없어 읽기도 힘들지만, 읽고 나서도 별다른 즐거움을 주지 못한다.

글은 항상 자기를 그대로 드러낸다. 자기의 느낌이나 생각을 뛰어넘는 글이란 없다. 그러니 항상 글감들을 자세히 살펴보고 생각하는 습관을 길러 그것들을 솔직한 마음으로 써나가야 하겠다. 훌륭한 글이란 솔직한 마음으로 느끼고 생각한 것을 그대로 쓰는 글이다.

시 창작, 나만의 고민은 무엇인가?

시는 그 어떤 글보다 짧으면서 나만의 신선한 정서적 감동을 주는 글이다. 특히 부드럽고 조화로운 감동을 주는 시는 대상(구체적 사물)과의 일체감 속에서 소재를 눈여겨보고, 귀 기울이고, 깊이 생각하고, 상상하는 가운데 독창적 표현이 이루어진다.

우리가 시를 쓸 때 가장 큰 고충은 무엇을 어떻게 써야 할지 모른다는 것이다. 하지만 그보다는 시를 쓰는 태도를 어떻게 해야 하는가가 중요하다. 우선, 시라는 것은 글 쓰는 이의 내면세계, 곧 독백

(獨白)적 표현으로 이루어지는, 나만이 새롭게 느끼고 생각한 하나의 알맹이만을 펼쳐 쓴다는 점을 잊어서는 안 된다. 보고, 듣고, 겪은 일에 대한 자신만의 새로운 느낌, 새로운 발견을 상상의 세계를 통해서 그려내야 한다. 그러기 위해서는 평소 대상(사물)을 새롭게 보거나 날카롭게 관찰하는 태도를 길러야 하고 겪은 일에 대해서는 깊은 의미를 부여하는 되새김질이 몸에 배야 한다. 미국의 저명한 시인인 '휘트먼'은 "뜰 앞에 널려 있는 이름 없는 풀잎 하나라도 하나님이 떨어뜨린 손수건으로 생각하라"고 했다. 이는 자연(사물) 가운데 인간적 정신(혼)을 불어넣어 사물을 새롭게 보는 눈을 가질 것, 상상력을 발현시켜 시를 써야 한다고 말한 것이다. 그래서 시는 한순간 마음속에 떠오른 착상이 중요하다. 이 상상을 통한 착상은 제재를 소화하는 힘, 시의 독창성과 생동감을 주는 것은 물론 나아가 '무엇을 쓸까' 하는 문제도 해결하는 열쇠가 된다.

죽은 비유라 하는 것은, 이미 다른 사람이 써버린 비유나 흔하게 쓰이고 있는 비유를 말한다. 따라서 그런 비유를 쓰면 죽은 시, 개성이 없는 시, 관념적인 시가 되어 버린다. 이러한 생명력을 잃은 글이 되지 않기 위해서는 무엇보다 자기만이 발견한 새로운 느낌 중심의 글을 쓰도록 해야 한다. 나아가 재미있는 표현 거리낌이 없는 솔직한 표현도 좋은 시, 살아있는 시를 쓰는 비결이다. 시는 일상적인 글과는 달리 생각의 알맹이만을 골라 구체적으로 써야 하며, 필요에 따라 행과 연을 구분한다. 시에서 말하는 구체성이란 사물(사실)을 설명하듯이 쓰라는 것이 아니라, 곧 회화적인 글, 곧 선명한 이미지(심상: '빨간 사과'라고 했을 때 마음속에 그려지는 그림을 말함)를 사용하여 감각적으로 표현하는 것을 의미한다. 가령 '눈동자가 빛난다.'보다는 '눈동자가 초롱 같다.'라고 비유를 써서 구체적으로 표현하면 더욱 선명해지고 구체적인 글이 될 수 있다.

연령별 동화책 추천도서 목록

유치원 필독도서 소개(35권)
(제목 _출판사)

1. 사과나무밭 달님 _창비
2. 너는 누굴까 _반달
3. 알레나의 채소밭 _단추
4. 아름다운 실수 _나는 별
5. 완벽해 _북극곰
6. 세상은 어떻게 생겼을까 _우리교육
7. 모자를 보았어 _시공주니어
8. 쉿! 방해하지마 _나린 글
9. 마음아 안녕 _책 읽는 곰
10. 42가지 마음의 색깔 _레드스톤
11. 규칙이 필요해 _한울림 어울림
12. 엄마와 나 _불의여우
13. 개미에게 배우는 나눔 _리잼
14. 내가 잠든 동안 넌 뭐 할 거야? _풀빛
15. 조금만 기다려봐 _비룡소
16. 커다란 순무 _비룡소
17. 태양이 뀐 방귀 _양철북

18. 새해 아기 _단비

19. 큰일 한 생쥐 _창비

20. 모기가 할 말 있대 _길벗어린이

21. 벗지 말걸 그랬어 _스콜라 위즈덤하우스

22. 부끄럼쟁이 친구들 _재능출판

23. 너, 그거 알아?_계수나무

24. 내 안에는 사자가 있어, 너는? _그린북

25. 채식하는 호랑이 바라 _낮은산

26. 행복을 나르는 버스 _비룡소

27. 도시에 사는 우리 할머니 _재능출판

28. 세상 모든 소리를 연주하는 트롬본 쇼티 _담푸스

29. 이건 내 모자가 아니야 _시공주니어

30. 빨강 파랑 강아지 공 _지양어린이

31. 할아버지의 이야기 나무 _문학동네

32. 느릿느릿 도서관_개암나무

33. 신기한 사탕 _개암나무

34. 소가 된 게으른 농부 _국민서관

35. 어른들 안에는 아이가 산대 _길벗스쿨

초등학교 필독도서 소개(98권)
(제목 _출판사)

– 저학년 추천도서(40권)

1. 거짓말 같은 이야기 _시공주니어

2. 곰 사냥을 떠나자 _시공주니어

3. 괜찮아 _웅진주니어

4. 괴물들이 사는 나라 _시공주니어

5. 구름빵 _한솔수북

6. 기분을 말해 봐! _웅진주니어

7. 꼬부랑 할머니 _한울림어린이

8. 더 커다란 대포를 _한림

9. 만희네 집 _길벗 어린이

10. 빨간 끈으로 머리를 묶은 사자 _길벗어린이

11 생각하는 ㄱㄴㄷ _논장

12. 세상에서 가장 힘이 센 말 _맹앤앵(다산북스)

13. 앗! 따끔! –시공주니어

14. 왜 띄어 써야 돼 ? _길벗어린이

15. 우리는 친구 _웅진주니어

16. 이웃사촌 클로드 _파랑새

17. 짝꿍 바꿔 주세요! _웅진주니어

18. 책이 꼼지락꼼지락 _미래아이(미래M&B, 미래엠앤비)

- 고학년 추천도서(58권)

1. 조용희 청소기 _창비
2. 나라꽃 무궁화 이야기 _진선아이
3. 깍두기 _제제의숲
4. 좋은 투자, 나쁜 투자, 이상한 투자 _창비
5. 도깨비 탐정 탱구 1 _웅진주니어
6. 프리워터 _밝은 미래
7. 초4 지식책 읽기를 시작해야 합니다 _클랩북스
8. 소녀와 여자들의 삶 _문학동네
9. 런어웨이 _웅진지식하우스
10. 샬롯의 거미줄 _시공주니어
11. 톰 아저씨의 오두막집 _그레이트북스
12. 흥부전 _그레이트북스
13. 심청전 _그레이트북스
14. 홍길동전 _그레이트북스
15. 왕치와 소새와 개미 _그레이트북스
16. 기억 속의 들꽃 _그레이트북스
17. 메밀꽃 필 무렵 _그레이트북스
18. 콩쥐팥쥐 _그레이트북스
19. 어린왕자 _스토리클래스
20. 이상한 과자가게 전천당 _길벗스쿨
21. 작은 아씨들 _할배책방
22. 보물섬 _어스본코리아

중학교 교과서 필독도서(66권) + 교양독서 1권
(제목_저자)

1. 한국단편소설 35선(논물내신수능을위한중고생의필독) _김동인
2. 연어 _안도현
3. 마당을 나온 암탉 _황선미
4. 소녀의 마음 _하이타니 겐지로
5. 열네 살이 어때서 _노경실
6. 중학생 공부비법 _심현석
7. 동물농장 _조지 오웰
8. 부모와 자녀가 꼭 함께 읽어야 할 시 _도종환
9. 한국의 세계유산 _국립제주박물관
10. (말랑하고 쫀득한) 세계 지리 이야기 _케네스 C. 데이비스
11. 박경미의 수학 콘서트 플러스 _박경미
12. 또 웃기는 수학이지 뭐야 _이광인
13. 고릴라는 핸드폰을 미워해 _박경화
14. 아름답고 슬픈 야생동물 이야기 _어니스트 톰프슨 시턴
15. 영어일기 표현사전 _하명옥
16. 어린 왕자 _앙투안 드 생텍쥐페리
17. 우리그림여행 _김종수
18. 성공하는 10대들의 7가지 습관 _숀 코비
19. 생각은 힘이 세다 _위기철
20. 10대를 위한 성교육 _수잔 메러디스
21. 동백꽃 _김유정

작품해설

"독서로 키우고자 하는 엄마의 마음 돋보여"

오세주(시인, 아동문학가, 독서전문가)

재원이를 향한 엄마의 소박한 글에 작품해설을 의뢰받았다. 엄마가 아이를 생각하며 써 내려간 독서일기처럼 보인다. 책 읽기의 중요성을 누구보다도 잘 알기에 필자는 그렇게 자식 사랑을 독서로 묘사했던 것 같다. 에세이 글이라서 읽기도 편하고 글마다 공감 가는 요소가 많았다. 재원이를 향한 엄마의 소중한 모성애를 이번 글을 통해 느낄 수 있었다. 이번 작품해설은 전반적인 독서 글들을 모아서 총평 형식으로 글의 맥락을 나열하지 않고 필자가 느끼는 이야기들을 소개해보고자 한다.

먼저, 이 글을 쓰기 위해 고생하신 재원이 어머님께 수고하셨다, 말씀을 드리고 싶다. 글이란 쉬운 듯 보이나, 얼마나 어려운 작업인지 직접 쓰고 다듬다 보면 누구나 다 안다. 아들의 성공을 위해서 글을 쓰고, 사춘기에 접어든 아들의 올바른 독서 함양을 위해서 글을 써 내려간 재원 어머님께 박수를 보낸다. 또한, 이러한 독서에 관한 실질적인 변화의 에세이가 학부모 사이에서 많이 나왔으면 하는 바람이다. 누구나 자녀를 생각하면 글을 쉽게 써 내려갈 수 있다고 본다. 그런 의미에서 아마도 이 글이 소중한 재원이의 인생에서 중요한 터닝포인트가 되리라 믿는다. 그만큼 우리 사회에서 독서는 중요하니 말이다.

《꿈을 키우는 재원이의 독서일기》에서 크게 3가지로 작품을 논하고 싶다.

1. 사고력 시각으로 세상을 바라보는 눈을 키우는 책이다.

이 책에서 소개하는 독서는 습관이다. 어릴 적부터 누구나 독서라는 명제를 보고 살아왔지만, 독서습관의 부재로 성공하지 못하고 실패한 독서로 남는다. 하지만 이 책에서 소개하는 것은, 비록 필자가 아들을 위해 모티브로 설정하고 쓰긴 했으나, 우리 사회에서 독서가 청소년에게 미치는 영향이 큼을 보여주고 있다. 재원이랑 어려서부터 독서를 시작하고 매일 책을 읽어주고 대화를 이끌어나가고자 노력한 엄마의 모습을 본다. 워킹 맘으로 하루도 쉬지 못하는 환경 속에서 얼마나 자식을 생각하는지, 글에서 보면 자세히 나와 있다.

사고력 시각이란 무엇일까?

아이가 독서를 통해 무엇인가 생각하고자 하는 독서를 말한다. 단순한 책 읽기가 아닌, 질문과 응답을 통해서 마무리하는 독서 결과를 말한다. 아이를 향한 엄마의 바람도 아마도 그럴 것이다. 내 아이가 생각하는 아이로 성장하기를 바라는 거다. 독서는 생각을 무에서 유로 창조하는 힘이 있기 때문이다. 재원이의 독서습관에서 보면, 관찰을 좋아하고 사색을 즐기던 어린 시절의 재원이는 풍부한 자연과 환경을 통해서 사고력을 길렀다고 본다. 또한, 전원주택에서 생활하고 대가족 문화에서 오는 여유와 부모의 사랑과 텃밭을 일구는 할아버지의 부지런함도 어린 시절 사고를 발달하게 하는 요소가 된 것이다. 친구들을 좋아하고 남에게 호의적인 재원이의 성격 형성도 이 책에서 보여주듯이 활기찬 독서문화로 나아가는 창조성이 되지 않았을까 생각한다. 엄마와 가까워지는 비결을 독서에서 찾는 재원이의 특별한 자기애는 책을 읽으면 알아가는 감수성이다.

독서의 가치를 우리는 얼마라고 생각하나?

재원 어머님의 독서일지를 보며, 우리는 알아가는 재미를 독서로 정리하는 의미를 독서를 함으로써 알아간다. 재원이도 독서습관을 통해 자기를 알고 독서 선생님을 통해 독서의 깊이를 알고, 고전과 명작을 독서로 정리하는 독서를 배우게 된다. 4살 때 독서의 눈을 뜨고, 6살에 독서의 이야기들을 좋아하고, 초등학교 3학년 시점에 독서를 정리하기 시작해서 6학년에는 토론을 이끄는 독서를 재원이는 한 것이다. 칭찬을 보내고 싶다.

　중학교에 들어와서 한층 재원이는 독서의 맛을 느끼고, 교과서 논술과 명작 이해하기, 고전을 토론하기 등 글을 쓰기 시작한다. 사춘기임에도 불구하고, 아주 차분하게 글을 이어간다. 책을 읽고 분석하는 작업이 시작된 것이다. 논리력이 향상되어서 교과를 이해하고 문학을 즐기는 독서를 하고 있는 것이다. 재원이만의 독서로 발전하고 있다는 증거다. 미래의 가치를 독서로 채우려고 하는 필자의 바람과 아들이 독서로 나아가기를 염원하는 엄마의 간절한 분짓이 여기에 담겨 있다고 본다. 행복한 독서의 시작을 가정에서 출발하자는 저자의 주장은 최고의 독서 길잡이로 손색이 없다.

2. 현재형보다는 미래지향적인 작가의 독서 철학이 담긴 글이다.

　"고슴도치도 자기 새끼는 끔찍하게 사랑한다."는 명언이 있다. 이것은 누구나 자기가 소중히 여기는 그 무엇은 사랑한다는 것이다. 다시 말해서 "내 새끼는 어디 내놓아도 부족함이 없어 예뻐 보인다."라는 말이다. 아마도 저자인 김영미 어머님도 그러하리라 본다. 엄마로서 살아오면서 재원이를 만나고 성장하는 아들을 보며 무슨 생각을 했을까? 내 자녀가 미래 지향적인 아이로 성장하기를 바랐을 것이다. 엄마가 평소에 꿈꾸던 독서 이야기를 전달하고 재원이가 순종하듯 따라와 준 고마움이 묻어있다. 이 책을 보면서 미용실을 운영하며 아들을 위해 얼마나 정보를 찾았을까 생각해 본다. 책을 읽고 엄마들의 대화 속에서 정보를 얻고, 자녀교육을 위해 시간을 투자하고 실행하는 과정이 쉽지는 않으리라 생각한다. 재원이가 독서에 흥미를 느끼기까지 엄마로서 보이지 않는 눈물도 흘렸을 것이다. 왜, 안 그러겠는가? 자녀교육이 그리 말처럼 쉽다면 누구나 자녀를 키우지만, 돌발 변수가 작용하는 것이 내 자녀이기에 부모의 고충과 엄마의 고생이 보인다. 분명, 책에 담긴 내용을 보더라도 지나온 시간이 감사로 돌아오는 독서라는 걸 짐작해 본다. 저자인 재원이 어머님께 축복의 박수를 보내고자 한다.

독서는 새로운 인간을 만들어가는 초석이 된다.

책이 주는 즐거움도 있다. 배움의 기초도 여기서 얻는다. 위로도 받고 힘들다고 하면, 휴식도 가져다준다. 독서는 길이다. 재원이 어머님도 알고 있는 길이다. 재원이가 어릴 적 가족들과 추억이 고스란히 담겨 있다. 독서를 통해 변화해가는 모습도 담겨 있다. 지치고 힘들 때 지혜를 통해 헤쳐나가는 모습도 담겨 있다. 그렇기에, 독서와 아들은 일치한다. 다행이다. 처음에는 힘이 들고 반항하는 아들의 모습도 보았지만, 지금 생각하면 행복하다. 미래지향적인 아빠의 내조도 있었을 것이다. 대가족인 할아버지, 할머니하고 재원이의 추억을 보면, 훌륭한 인성을 심어주었다고 본다. 가족은 공동체이다. 서로가 서로의 아픔을 채워주고, 지탱하는 길을 걷는다. 이 책에서 소개하는 재원이네 가족은 흐뭇한 현대인의 본이 되는 가족이다. 어려서부터 할머니의 보살핌 속에서 재원이가 어른들을 공경하게 되었고, 학교에서나 집에서나 인성을 알아가는 지침서가 되었다. 저자의 노력보다도 더 빛나는 게 있다면 그건 아마도 가족이 아닐까 생각해 본다. 미래를 꿈꾸는 자로 만들어가는 것은 경험하지 않고서는 헤아릴 수 없다. 혼자만의 시간과 저자가 자녀교육을 위해 고민하고 의뢰하고 상담하는 시간들이 분명, 있었을 것이다. 그 결과물로 이렇게 재원이의 변화된 사춘기 모습을 보고 있지 않을까 생각한다.

학생들과 일반인들에게 독서와 심리에 대한 강의를 한다. 강의의 초점은 올바른 독서법과 창의력으로 세상을 바꾸기이다. 독서법은 누구나 알아가고 싶어 하는 단계이고, 창의력은 독서 하지 않으면 얻을 수 없는 결과이다. 문제는 어떻게 독서를 나를 위한 적용과 발전으로 바꾸느냐이다. 올바른 독서법은 다산의 독서법이다. 실학자인 정약용 선생의 본, 깨, 적을 강조한다. 다산의 초서법을 배우라고 권한다. 책을 읽을 때는 반드시 메모하는 습성을 기르고, 본문 요지에 밑줄을 쳐서 그것을 다시 복습하는 독서이다. 또한, 중요 구절을 지나치지 말고, 다른 노트나 서지에 옮기는 작업은 나중에 글을 써 내려갈 때 중요한 참고 자료가 되기 때문이다. 올바른 다산의 독서법 덕분에 수많은 사람이 성공을 거두었다.

"실패는 성공의 어머니다."라는 명언처럼 여러 번 반복하는 것이야 말로 내가 다시 성공하는 길을 만들 수 있다. 600여 권의 저술을 남긴 다산 정약용 선생을 본받는 것은 당연하다. 18년 동안 유배지인 강진에서 글을 쓰고 책을 읽었으니 말이다. 후학들에게 본을 보인 우리들의 독서 선구자이시다.

재원이도 그렇다. 독서에 입문했으니, 이제는 독서 철학을 지니고 열심히 공부도 하고 사춘기를 지나서 당당히 대학에 진학하기를 바란다. 미래를 향한 열정을 독서로 보여주는 재원이를 기억하고 싶다. 저자가 바라는 미래형 독서가 보인다.

3. 누구나 쉽게 읽어가며 독서로 공감을 끌어내는 책이다.

프랑스의 교수이자 시인이며, 생물학자인 곤충학자 파브르는 곤충기를 쓰면서 세상을 다시 알게 되었다고 한다. 50대의 늦은 나이에 글을 쓰기 시작한 그는 레옹 뒤푸르의 《절지동물의 자연사》라는 책을 읽으면서 해부학을 알았다. "보는 것이 아는 것이다."라는 이론을 탄생시키며, 외면이 아닌, 곤충의 내면을 들여다보기 시작했다. 곤충을 보고 내부를 알지 못하는 것은 얼마나 답답했을까 생각해 본다. 총 10권의 곤충기를 쓰게 된 이유도 독서가 있어서다. 파브르의 인생에 독서가 있어서 새로운 길을 찾은 것이다. 노래기벌이 잡아 온 비단벌레가 썩지 않는 이유를 연구해서 100만 종이 넘는 곤충을 발견하게

꿈을 키우는/ 재원이의 독서일기

되었다.

　실학을 집대성한 조선의 임금이셨던, 정조대왕은 독서가 주는 큰 의미를 알았다. 조선 후기 시대에 실학자들을 통해 조선의 상공업과 농사를 한층 발전시키고 서민들의 삶을 향상시키는 노력은 큰 수확이다. 정조가 독서를 기반한 학문을 크게 염두에 둔 이유는 백성들에게 실학의 의미를 전달하고 이해를 구하기 위함이다. 정조는 독서광이다. 세종대왕이 독서를 통해 민본정치를 했다면, 정조는 독서를 통해 백성들의 수준을 끌어올렸다. 실학을 통해 학문을 높이고, 정치를 근대화하는 초석을 만들었다. 무역은 그래서 독서 기반의 지식과 정보가 공유되어야 빛을 발한다. 조선에서 세종 이래, 정조가 수원 화성을 비롯해서 규장각 도서관을 세울 정도로 독서를 아끼는 임금이시다. 이 책의 저자도 그랬다. 재원이를 향한 체계적인 독서법을 생각해 온 듯 보인다. 쉽게 풀어가는 재미있는 독서 이야기를 독자들에게 소개하고 있다. 잔잔하게 감동과 느낌을 주고 글의 흐름도 안정적으로 보인다. 엄마가 되어서 책 읽기가 중요함을 가르치고, 동화책을 통해, 정보를 공유하는 지혜를 보인다. 재원이를 데리고 여행을 다니고, 추억을 통해 여행지의 잔잔한 감동을 알게 하여 글을 쓰도록 했다. 책 속에 나오는 미국 여행지에서 저자가 보여준 재원이의 모습은 본받을 수 있다. 언젠가 한 번은 재원이가 미국을 보면 좋겠다 싶어서 여행을 계획한 부분은 힘이 된다. 이 땅의 부모가 자식을 데리고 여행 다니기를 좋아한다. 재원이 엄마는 재원이가 더 넓은 세상을 바라보도록 돕고 싶었다. 책에서 보는 미국이 아니라, 직접 경험해보고 만나보는 그 곳에서 독서를 하길 원한 듯하다. 미국의 라스베이거스에서 도박사들의 모습을 보고 알고, 화려한 사막의 오아시스를 경험하게 하여 인간의 위대함과 미국의 나라가 부강한지를 말하고 싶었다. 미국과 캐나다 국경선에 마주한 관광지, 나이아가라 폭포수 앞에서 재원이에게 보여주고 싶은 포부와 기상은 대단하다. 신이 만들어 놓은 최고의 명소에서 폭포수 소리를 들으며, 거대한 자연경관에 감탄하는 시간이야말로 재원이가 알아가는 독서이다.

독서는 큰 유산이며, 철학적 공감을 이끌어내는 시간이다. 사춘기가 되어서 재원이는 지난 추억들이 밑거름되어, 완전한 여유로움과 성품을 가지게 되었다. 친구들과 개구리 잡고 물고기 잡으러 다니고, 주말마다 친구들하고 자전거를 타고 다니는 모습은 얼마나 보기 좋은가? 저자인 김영미 어머님의 독서 철학도 그러하리라 본다. 누구나 쉽게 독서를 통해 공감을 끌어내는 모습이다. 재원이가 초등시절부터 독서를 시작했다. 초등학교 2학년 무렵에 시작한 독서가 이렇게 성장해서 스스로 글을 쓰고 독서에 관한 상들을 타온다. 독서를 지도해주시는 전문 선생님의 도움으로 매일 책을 읽고 토론을 이어가고자 했다. 독서 지도와 첨삭, 그리고 독서 토론과 그림일기 쓰기 등 배우고 활동을 한다. 재원이가 좋아하는 독서 이야기들을 독서 코칭으로 듣는다. 명작, 전래, 고전, 역사 코칭을 받는다. 가끔 여름방학이나 겨울방학 때 특강을 받는다. 그때는 글쓰기의 기초와 논술의 효과를 집중 배운다. 동시도 200편 이상을 썼다. 쓰고 다듬기를 반복하다 보니, 어느새 말하기를 시작하고 토론 독서가 된다. 독서로 공감을 이끌어 내는 작업이 시작되었다고 본다. 독서의 재미와 깊이를 조금씩 이해해 나가는 중이다. 독서로 성장하는 재원이 모습이 보인다. 조용하고 온순한 성격에 독서 이미지를 부각하여 자신의 밑거름을 채운다. 독서 공감 찾기는 나도 찾지만, 다른 이들도 함께 참여한다. 이 책을 통해 쉽게 독서를 이해하고, 길잡이가 되어줄 독서를 시작해야 한다. 미래형 독서를 시작하는 책이라 본다. 수필처럼 쉽게 쓰인 이야기들을 서로가 공유하면서 독서의 발전을 이루도록 도움이 되는 책이라고 본다. 독서가 메마른 자들이 있는가? 바로, 이 책을 추천해드리고 싶다. 엄마가 주는 독서일지를 알게 해주고 싶다. 미래와 현재는 찾는 자들의 무대이기에 저자가 강조한 독서를 배우기를 바란다.

　재원이의 독서의 꿈은, 지금도 현재 진행형이다.

꿈을 키우는
재원이의 독서일기

초판 1쇄   2023년 10월 31일

지은이   김영미
발행인   김재홍
기획/총괄   오세주
교정/교열   김혜린
디자인   박효은
마케팅   이연실

발행처   도서출판지식공감
등록번호   제2019-000164호
주소   서울특별시 영등포구 경인로82길 3-4 센터플러스 1117호 (문래동1가)
전화   02-3141-2700
팩스   02-322-3089
홈페이지   www.bookdaum.com
이메일   jisikwon@naver.com

가격   17,000원
ISBN   979-11-5622-832-5 03810